그 푸른 추억 위에 서다

강 은 교   에 세 이

그 푸른 추억 위에 서다

솔

저자가 좋아하는 저녁 종소리처럼 여운이 오래가는 생각
의 깊이, 삶의 무게, 표현의 넓이를 느끼게 해 주는 책! 흐르
는 물과 같이 자연스럽게 이어지는 한 편의 시, 정겨운 러브레
터로 다가오는 이 에세이집은 책의 제목과 같이 푸른 추억들
이 담긴 푸른 향기로 가득하다. 화분에 숨어있는 대지의 숨
소리를 들으며 느림의 아늑함, 허술하고 낡은 것의 편안함을
예찬하는 글들에 공감하며 유년의 추억들이 왜 삶의 힘이 되
는지를 깨닫게 된다.

매일 보면서도 지나치는 소소한 아름다움, 너무 가까이 있
어 놓치고 사는 일상의 고마움을 새롭게 발견하며 우리도 시

인이 된다. 어둡고 괴로웠던 고통의 시간들이 왜 감사의 선물이 될 수 있는지를 함께 느끼고 배우며 작가가 차려준 아름다운 언어의 식탁에 앉아보자. 그동안 잃어버렸던 경탄의 감각을 다시 찾으며 삶에 대한 경이로움을 재발견하는 기쁨으로 좀 더 겸허하고 행복해질 것이다.

이해인(수녀. 시인)

강은교 에세이 〈그 푸른 추억 위에 서다〉

　지금 내가 가진 것 :

　너무 큰 가방, 너무 무거운 코트, 서랍이 너무 많은 신발장, 떠날 시각이 지나가버린 은빛 기차표, 팔락거리는 한밤중 창의 눈까풀들, 만질길 없는 새벽녘, 손톱에 꽈악 낀 고독, 그리고, 그리고 이 세상, 만질 길 없는 지금, 질기디 질긴 파도의 바닥, 그리고, 그리고, 그리고 너와 걸은 오솔길, 거기 피어 있던 보랏빛 흰술패랭이꽃, 기타, 기타아, 등등, 둥둥.

제13시집 「바리연가집」 중 '지금 내가 가진 것'

　이 시를 머리말 삼아 싣는다. 그리고 여기에 한 마디 덧붙인다.

어느새 추억이 다정한 나이가 되었다. 그리고 그 추억은 언제나 푸른 색이다.

새벽 4시면 창 앞에 앉아, 푸르다가 순간 보랏빛이 되는 여명 속에서 건진 지난 낮, 지난 시간들의 누추하고 하찮은 것들의 이야기, 누추한, 하찮음 속의 아름다움, 그것을 쓰고 싶었다. 그 위에 살풋이 서고 싶었다.

* 이 에세이집은 1994년에 출간되었던 강은교 에세이집 『사랑법』(솔과학) 중에서 원고 몇을 빼고 그 뒤에 쓴 원고들 중 몇몇을 추가했음을 밝힌다.

차

례

1 공간의 미소

2 도사리

1
—

공간의 미소

다
락

예전엔 집집마다 다락들이 있었다. 하긴 지금도 한옥이라
든가 하는 집들엔 다락이 있겠지만 양옥 혹은 아파트가 주거
생활의 많은 부분을 차지하고, 도시가 점점 위로 솟아만 가
는 동안 옆으로 푸근하게 펼쳐 앉았던 한옥들은 어느 새 사
라졌고 그 속 가장 깊은 곳에 있던 다락들도 사라져 갔다.

그때 다락 속의 어둠에선 향내가 났었다. 그것은 무수한
것들을 '품던 공간'의 향내이기도 했다. 그건 좀 해지고 허접스
러운, 그러나 가장 우리의 삶에 가까운 것들에게서 풍기는 향
내 – 다락엔 무엇인가 보여주고 싶지 않은 그 집의 비밀스러

운 것들이 많이 있었으니까 — 이기도 했다.

'품는다'는 것이야말로 모든 집의 출발점이다. 거기서부터
사람들은 자기들이 어느 곳에선가 보호받고 있음을 느낀다.
그 '보호소'에서 어둡고 천정이 낮은 그리고 가장 깊숙한 곳에
자리잡았던 다락 — 그 안온함은 마치 생명이 품어지는 자궁과
도 같다고나 할는지. 뿐 아니라 사람들에겐 간혹 자기의 삶을
숨기고 홀로 충만한 존재감을 느끼고 싶은 '구석'이라는 공간
이 필요한 법인데. 다락은 이런 역할을 충분히 하는 것이었다
고 생각한다.

하긴 다락의 내음을 향기라고 표현하는 것에 반발하는 사
람도 있으리라. 거기선 오래동안 방치된 어둠속으로부터 혹
은 낡고 곰팡이 낀 것들로부터 풍기는 음습한 습기 같은 것이
다락에 들어가는 이의 살을 건드려 움츠리게 한다고 말이다.
그러나 다락의 그 음습함을 음습함으로만 돌릴 수는 없다.
거기엔 곰삭은 것들에게서만 풍기는 향내, 어떤 이에게는 악
취로밖에 생각되지 않는 것을 어떤 이들은 기가 막힌, 아무데
서도 맡을 수 없는 향내로 인식하는 어떤 젓갈의 냄새와도 같

은 향기를 풍긴다.

　어린 시절 우리 집엔 다락이 안방에 붙어 있었다.
　사다리처럼 높은 곳에 달린 문을 열고, 기어올라가야 하는 다락, 나는 거기서 많은 것들을 찾아내곤 하였다. 온갖 귀한 것들이 거기 있었다. 아버지가 돌아가신 다음엔 다락을 정리하던 끝에 아버지의 새 모자가 거기서 나오기도 했었다. 반짝반짝 윤이 나는, 첨 보는 회색 중절모였다. 아까워서 한 번도 쓰시지 않으셨던 것이다. "한 번 써보시지도 못하고 ……." 어머니는 살그머니 눈물을 훔치셨다. 우리들이 함부로 못꺼내게 감춰 놓은 수밀도캔도 있었다. 하긴 '복숭아 깡통'이라고 해야 그 시절의 기분이 난다. ─결혼하자마자 내 돈으로 맨 처음 실컷 사먹은 것이 그것이었다─꿀통도 있었다. 그런가 하면 아주 낡은 사진첩도 있었다. 어느 날 다락 속으로 올라가 잔뜩 몸을 웅크리고 그 사진첩을 넘기니, 어머니와 아버지의 젊은 시절의 사진이 있었다. 두 분이 어떤 바위 앞에서 찍은 사진이었다. 아버지는 아주 근엄한 표정으로 서 계셨고, 어머니는 고개를 약간 옆으로 숙인, 수줍은 모습의 사진이었다. 어머니와 아버지에게도 이런 시절이 있으셨나, 내심 어둠에 뒷통수라도 한 대 맞은 듯 놀라면서 사진첩을 넘겼던 기억이 난다. 또 이런 일도 생각난다. 어느 날 나는 망연한 소외감에 빠져서 다락에 숨었다. 다락의 어두운 한 구석에 웅크리고 앉아 나를 찾아 집의 이곳 저곳을 살피는 식구들의 발걸음 소리를 들었다. 드디어 어머니에게 들켜, 화가 나신 어머니의 손을 잡으며 다락에서 끌어내려 질 때 나는 세상에서 가장 다정한 힘을 경험했다. 아, 그것이야말로 다정함이다. '버려지지 않았다'는 안도감이 나의 숨에서는 그대로 흘러나왔다. 그리고 다락을 자꾸 뒤돌아 보면서 못이기는 체 어머니의 따뜻한 손의 힘에 아무도 모르게 입맞추며 안방 가운데로 질질 끌려 나왔다.

그 집의 가장 깊은 곳에 있으며 그 집의 많은 비밀을 품고 있기 마련인 다락은 집의 혼이다. 집의 구석에 달린 심장이다. 집의 꿈이다. 그것이 두근거릴 때 그 집에 살고 있는 이들은 모두 가슴이 두근거리며, 그것이 꿈꿀 때 그 집에 몸을 의탁하고 있는 모든 사물들은 깊은 동경으로 온 몸이 들썩거린다.

요즘의 아파트들은 그 깊은 자궁, 다락을 잃어버린 셈이다.

아파트의 집들을 방문하면 실은 우리는 그 집의 나신裸身과 만난다. 없어진 문패라는 것에서부터 시작하여 문을 열고 들어서면 바로 그 집 사람들이 사는 벌거벗은 공간과 한 치의 가림도 없이 맞닥뜨리는 것이다. 옛날 마당을 지나 댓돌을 밟고 올라서야 했던 그런 휴지기休止期가 없이 곧바로 그 집의 내부와 부딪히는 것이다. 하긴 아파트에도 다락과 같은 역할을 일정부분 한다고 할 수 있는 다용도실이 있긴 하지만, '구석'이라는 것이 없이 온 몸을 일시에 노출하기 마련인 아파트의 다용도실과 시간을 품고 있는 다락을 어떻게 비견하랴.

골목

골목이 몸져누웠다.

별들의 소리가 들리는, 곧 사라질 운명의 골목의 입술은 창백하다. 포클레인의 악다구니 하는 소리에 질려버린 눈은 넓은 길 옆에서 아예 빛을 잃었다.

골목에선 더 이상 따스한 햇살이 흘러나오지 않는다. 골목의 머리칼은 짧게 잘렸으며 골목의 눈썹은 모나리자처럼 밀려버렸다.

골목에 모이던 사람들도 더 이상 모이지 않는다.

아이들도 이미 골목에서 놀지는 않는다.

17

어린 시절 우리 집 앞 골목길에는 모래더미가 쌓여 있었는데 그 모래더미 앞에서 소꿉장난을 하던 생각이 난다. 신랑 신부 놀이였다. 한 남자동무가 나의 신랑이 되었었다. 왜냐하면 그 남자동무는 늘 단정히 넥타이까지 맨 양복 차림을 하고 있었으므로 신랑 같았기 때문이었다. 나는 어느 집 담 밖으로 늘어진 꽃가지에서 떨어진 꽃잎을 주워 김치를 담그고 그 남자동무는 출근하는 시늉을 하면서 골목 밖으로 나가곤 했다. 그러면 나는 그 뒤에 대고 "안녕히 다녀오세요오" 하고 색씨처럼 일부러 콧소리도 섞어 배웅하곤 했던 기억이 난다. 그 '나의 신랑'과 최근에 다시 만났다. 반백이 되어 있었다. 우리는 그 시절의 골목길을 이야기 했다. 골목은 아득한 배경이 되어 있었다. 삶의 배경.

그 삶의 배경 끝에서 한 여선생님의 얼굴이 일어서 왔다.

아주 작은 몸매에 입술을 꼭 다문 모습이다. 나의 초등학교 선생님, 그녀는 나의 우상이었다. 그녀는 아침마다 동화 한 구절 씩을 읽어주었다. 그리고 우리에게 꼭 일기를 쓰게 했었다. 그 일기를 모아 학급문집을 만들기도 했었다.

그 분이 읽어주던 아침나절의 동화 한 구절, 동화의 세세

한 내용은 지금 다 잊어버렸지만 그 동화책의 알록달록하던 겉장, 그리고 매일의 날씨를 기입하고, 수박 한덩이를 사온 심부름이야기에서부터 아버지에게 야단 맞은 이야기까지, 쓸 것도 못되는 그날의 자잘한 이야기들을 썼던, 넓은 칸이 푸른색으로 쳐 있던 일기장 등은 선연히 떠오른다. 그러나 그때 그 일기장에서 나는 난생 처음으로, 나도 기록할 것이 있으며, 그런 것들을 써 둘 수 있을 뿐 아니라 써두어야 한다는 희망과 의무를 배웠고, 그 동화 한 구절에서 나도 그런 걸 쓰고 싶다는 욕망을 얻었었다.

그 삶의 배경 끝에서 돌아가신 아버지도 일어서 왔다.

학교에서 돌아올 때 쯤이면 거기 대문 앞에 아버지는 늘 서 계시던 아버지, 아버지의 뒤에는 늘 하늘이 있었다. '허공'이라는 강한 그림을 떠올리게 하는 늘 흐린 하늘.

아버지의 골목 끝의 그 모습은 엉뚱하게도 내가 시인이 되고 난 뒤 내 시 속에 살게 되었다.

'우리가 물이 되어 만난다면'이라는 시에선 '만리萬里 밖에서 기다리는 그대여 / …… / 올 때는 人跡인적 그친 / 넓고 깨끗한 하늘로 오라.'라고, '사랑법'이라는 시에선 그 마지막 구절을 '가장 큰 하늘은 언제나 / 그대 등 뒤에 있다.'라고 하면서.

얼마 전의 여행에서 만났던 크로아티아의 시장골목도 잊지 못하겠다. 대체로 옛건물들이 많은 유럽엔 돌길의 골목이 많지만 크로아티아의 그 골목은 유난히 좁고, 깊은, 마음을 끄는 골목이었다. 싸구려 셔츠에서부터 몸뻬같은 바지, 가방, 모자, 스카프, 온갖 잡화들이 잡다하게 걸린, 그러나 거기서 사먹은 아이스크림은 얼마나 맛있던지, 바로 사람들의 삶의 고물이 속에 들어있는 아이스크림인 모양이었다.

런던에서 걸어본, 작가 버지니아 울프가 걸어다녔을 블룸름스버리 골목길도 인상적인 골목길이었다. 거기엔 블룸스버리 커피하우스도 있었다. 런던교는 T.S 엘리엇의 '황무지에 나오는 다리이다. 1930년대의 다리였으니, 엘리엇도 아마 집앞 골목길을 나와 그 다리를 걸으며 그의 대표작 황무지에 나오는 '저렇게 많은 죽음이 있었다니 ⋯⋯'라는 싯귀를, 또 어느 날 아침엔 '프루푸록의 연가'에서 노래했듯이 '고양이가 굴뚝을 넘어다니는'이라는 싯귀를 중얼거리며 그 다리를 건너 그 시절 근무하던 로이드 은행으로 출근했을 것이다. 그는 성실

한 은행직원이었으니까. 아마 모더니즘 작가 제임스 죠이스도 골목을 나와 그 다릿길을 걸었겠지.

하긴 나도 버지니아 울프의 일기에 나타나듯이 런던 구석 구석을 돌아다닌 그녀처럼 어린 시절엔 '동네 걷기'를 많이 했다. 동생들의 손을 잡고 동네의 모르는 골목골목을 '방문하는' 것이었다. 이층집 창의 커튼이 휘날리는 골목은 그 예쁜 커튼 때문에 들어가 보았고, 방앗간 안골목은 그 고소한 냄새 때문에 들어가 보곤 했다. 어느 골목엔 유명한 시인의 집이 있다고 해서 들어가 보았으며 …… 그러다 어느 날엔가는 그만 언덕을 넘어가 버렸다. 날은 이미 어둑어둑해 있었다. 겁에 질린 동생들을 이끌고 어찌어찌 집으로 돌아왔다. 나는 그날 저녁 어린 동생들을 잘못 보살폈다는 '죄'로 집을 쫓겨나, 한참동안 대문 앞에 쪼그리고 앉아있어야 했다.

그러나 지금 생각해보면 그때의 그것은 그냥 산책만은 아니었다. 나에겐 하나의 여행이었다. 열심히 내가 걸어갈 삶의 곳곳을 '들여다보는' 행위. 이층집도, 단층집도, 어마어마하게 높고 견고한 담도, 벽에 걸린 옷가지며 수건 자락이 다 보이도록 좁은 단칸방 문을 활짝 열어놓고 있는 집도 – 그런 집 속에선 으레 저녁밥상에 둘러앉은 식구들이 보이곤 했다.

가족이 있는 골목은 긍정이다.
가족은 끝없이 팽창한다.
아버지는 또 아버지를 낳고 그 아버지는 또 그 아버지를 낳으며 …….
그러므로 골목은 중심의 발산이다. 끊임없는 상승이다. 상승의 확산이다. 역사이며 희망이다.

꽃가지가 담너머로 늘어진 골목에서 모든 길은 출발한다.
모든 길이 출발하는 골목에선 향기가 난다.

공터

집으로 돌아오는 오는 길에 공터 하나가 있다. 원래 거기엔 봄이면 목련꽃이 피는 마당을 가진 허름한 집이 하나 있었다. 그런데 그 집이 언제부턴가 폐가廢家 비슷하게 되더니 아무도 안 사는지, 담에 이것저것 전단지들이 앉고, 군데군데 구멍도 뚫려져서 안이 거무튀튀하게 보이기 시작했다. 그러던 어느 날 그 집마저 허물어 앉아버리고 담도 어디로 가버렸는지 구멍뚫린 시멘트 벽돌만이 나뒹굴었다. 그런데 그 공터를 지나 갈 때면 언제부턴가 나는 한숨을 쉬며 그곳을 들여다보는 나를 발견하곤 하였다. '거기 아무도, 아무 것도 없는데 왜 나는 거기를 들여다 보려고 하지?'

그러던 어느 날 나는 한 목소리가 목련꽃나무 뒤에서 달려나오는 것을 바라보게 되었다. 그 목소리는 외치고 있었다. 아무 것도 없는 듯이 보이는 그 공터엔 실은 많은 것이 있다, 고. 어느 날 새벽의 기침소리는 물론 그런 아침 쓰윽하고 열리던 대문소리며, 작은 말소리 어느 봄날 하얗게 일어서던 목련꽃잎들, 잎사귀가 큰 후박나무, 거기 잎사귀에 앉았던 구름소리, 바람소리, …… 공터는 여러 소리들과 장면으로 순간 가득 찼다.

얼마 전 어느 동네에 가게 되었는데 거기에도 공터가 많았다. 그날 따라 유난히 따뜻하게 쏟아지는 겨울 햇빛은 공터를 더욱 다정하게 했다. 공터로부터 시작되는 언덕길, '장미나무 계단길'이라든가, '마음자리 길'이라는 아름다운 길 이름들이 붙어 있는, 좁고 길게 이어진 그 골목과 군데군데 공터는 더구나 그 공터에 배추라도 자라고 있으면 그 햇살 가득 품은 마당은 마치 겨울의 자궁과도 같았다. 생명이 자라나는 땅의 자궁. 뿐 아니라 조금 빈 틈이 있어야 모든 구球는 완전해지듯이 공터는 그 동네를 완전하게 하는 임무마저 수행하고 있었다. 그러니까 내가 우리 동네의 그 공터를 지날 때마다 '아, 아' 하는 한숨이 튀어나오는 것은 잡풀사이로 고개를 내민 예쁜 들꽃에 대한 감탄 때문이기도 하지만, 더 큰 이유는 집들이 빽빽이 들어찬 동네의 빈틈인 그 공터에 마음이 순간 쓰다듬기우는, 그래서 잠시 힐링되는 듯한 그런 감 때문이리라.

그렇다. 마음의 공터들을 갖자. 그 마음자리에 넘치는 다정한 햇빛이며 진초록의 풀들, 목련꽃도 피게 하자. 약간 빈 몸은 다정하게 이 땅을 받아들이리라. 함부로 화를 내지 않으리라. 그 마음자락으로 세상을 덥히리라. 이웃 사람들을 배려하리라. 길거리를 가다가 누군가와 어깨만 스쳐도 '미안합니다.'라고 말할 수 있게 되리라.

오늘도 공터를 지나간다. 마음자리길을 걸어간다. 햇빛 쏟아지는 봄을 향하여.

뒷결

요즘 혼자 영화보는 재미에 빠졌다. 그전 같으면 영화관에 혼자 가는 것을 생각도 못했을 텐데, 그 고적의 맛 괜찮다. 아무도 보이지 않는, 그러나 객석 맨 뒤에 앉아 있으면 많은 사람들의 검은 그림자 같은 것이 가득 어른거린다.

앞 사람들의 뒷꼭지이다. 그 뒷꼭지들은 오래 전부터 알고 있는 듯한 사람들의 머리로 보인다. 우리는 그 순간 강한 동질감으로 엮여져 있는 것이다. 어둠 속에 앉아 있다는 동질감.

영화가 시작된다. 타이틀이 나오고 영화의 주인공이 커다랗게 스크린에 비친다.

나는 그 주인공의 입과 이마와 머리카락에 집중한다.

그러다 앞의 사람들의 머리 뒷꼭지를 바라보면 그들도 나와 똑같이 스크린에 몰두해서 쳐다보고 있는 모습이 보인다. 어디선가 팝콘 씹는 소리가 들리기도 하고, 애인의 어깨에 팔을 얹는 모습도 보인다.

어둠에 익은 눈은 이러한 모든 모습들을 익숙하게 바라본다. 바라본다기보다 스크린을 보는 나의 시선의 가상으로 스며든다, 라고나 할까. 새삼 뒤에 잘 앉았구나, 라고 생각하기도 한다.

영화관의 뒷자리는 슬며시 옛집의 뒷곁을 끌고 온다. 영화의 여주인공이 기대자 뒷곁의 벽이 슬그머니 달려온다. 거기 벽에 기대어 하늘을 보았으며, 뒷집에서 들려오는 웅얼웅얼하는 말소리를 들었으며, 어느 때는 피아노 소리도 들었다. 연상 작용은 별 무리없이 일어났다. 뒤뜰 한 켠에 있던, 좀 촌스런 꽃밭.

추억 속의 어머니가 뒷곁으로 부지깽이를 들고 뛰어가시는 모습도 보인다. 그러자 뒷담에 기대어 멋있는 포즈를 취하고 계신 아버님의 모습도 보인다. 오늘 영화는 '땡'이로구나 하면서 나는 연상작용 속에 빠지기 시작했다. 하긴 그 영화는 원래 보려고 했던 영화가 아니었다. 원래 보려고 했던 영화는 시에 관계되는 영화여서 '짬'을 내어 왔던 것인데 벌써 막을 내려 버렸다고 하는 바람에 아무 영화나 보게 되었던 것이다. 그 '아무 영화'나는 폭력 영화였고, 구태어 찾아올 만한 영화는 아니었다. 어둠에 익어 사람들의 머리 뒷꼭지를 바라보면서 나는 서서히 연상작용 속으로 빠져 들어갔다. 이제 영화엔 폭력으로 얼룩진 어떤 집의 모양이 커다랗게 비추어지고 있었다. 나의 연상작용은 천천히 어릴적 내가 살던 집의 어떤 곳으로 들어갔다. 뒷곁이었다. 가장 고적하던 그곳, 식구들로부터, 세상으로부터도 격절된 그곳.

고적의 맛을 보며 나는 그곳에서 편지를 읽었었다. 그 누구도 보면 안되는, 그런 편지를.

어린 시절 언젠가 나는 아버지에게 혼난 적이 있었다. 아마도 아버지에겐 그 무렵 혼자 방에 틀어박혀 음악만을 듣고 있던 내가 적이 실망스러운 모양이셨다. 그때 처음이자 마지막으로 아버지에게 회초리로 종아리를 맞았으니까. 그 당시 유일하게 클래식 음악 방송을 집중적으로 들을 수 있었던 미군방송인 VUNC에선 모찰트가 계속 흐르고 있었다. 아버지는 음악이 흘러나오는 제니스 라디오를 거칠게 꺼 버리셨다.

나는 뒷곁으로 숨어 버렸다. 그날 저녁 무렵 어머니가 사방으로 다니시며 '나'를 찾았다. '이제 나오렴, 더 야단치시지 않게 할께 …….' '은교야아, 은교야아, 어디있니 은교야아 …….' 그러니까 그곳에는 어머니의 목소리가 있으며 법관이 되리라고 생각하시던 아버지의 격정에 찬 목소리가 있다. 그리고 모찰트 소나타가 있다. 덕분에 뒷곁은 나의 그 시절, 문화의 집중지 같은 것이 되었다. 당일치기 시험공부를 할 때는 책과 공책을 들고, 집중이 잘된다면서 그곳으로 갔으며, 때로는 장독대 앞에 있던 글라디오라스와 나팔꽃, 과꽃에 물을 주기도 했다. 아무튼 그 시절 뒷곁을 생각하니, 어두컴컴한 극장 속에서 따뜻한 냄새 같은 것이 나를 간질었다.

하긴 요즘 집들에는 뒷곁이 없다. 나같은 서민들은 뒷뜰을 가질 만큼 돈이 없으니, 뒷곁이 있을 리가 없다. 단독주택에 사는 사람들의 경우, 만약 집의 뒷켠에 조그만 공간이라도 있다면, 거기 당장 유용한 먹거리, 상추같은 것을 심는다. 그리고 떠든다, 유기농이니, 하고 떠드는 것이다.

그러나 아무 것도 심지 않은 뒷곁, 어쩌다, 좀 촌스런 – 장미 혹은 글라디오라스 같은 서양꽃 앞에서 그런 느낌을 주게 되었다. 백일홍이라든가, 과꽃, 접시꽃, 파초 같은 꽃들이 부끄러이 서 있던 곳, 거기서 천천히 자기의 앞과 뒤를 바라보며, 앞날을 생각하던 곳. 혹은 그날 잘못한 일을 반성하며 보이지 않는 것들을 성찰하던 곳, 미래를 생각하던 곳.

모든 집안의 쓰레기들이 저녁나절이면 태워지곤 하던 뒷곁. 새삼 타오르는 불꽃을 들여다보며 앞으로 나아갈 꿈을 결심하곤 하던 그곳, 그래서 결연히 나와 대문을 열고 골목으로 나서던 – 그곳. 뒷곁의 은은한 미소.

오늘은 뒷곁이 나의 책상 위에서 은은히 웃는 것 같다. 주홍색 황혼을 흔들며 타오르던 불꽃과 거기 불꽃 위로 솔솔 피어나던 연기같은 것을 안고 그곳의 공기는 따뜻한 미소를 던지는 것이다.

키 큰 건물들이 떠억 버티고 선 아파트 문 – 하긴 아파트에는 문패가 붙은, 문도 없지. 몇 동 몇 동 하는 번호만이 커다랗게 나의 존재를 들여다 보곤 하지. – 을 들어설 때마다 나는 더 작아져서 소리없는 비명을 지르곤 한다, 그대신 그곳 뒷곁은 다정한 품을 벌리고 다소곳이 서서 내가 와서 앉기를 기다리고 있다. 고적 속에서 내가 불쑥불쑥 파초처럼 커지기를 뺨을 붉게 물들이며 기다리고 있다.

나의 꿈은 연기를 소올소올 피우며 과꽃 속으로 들어간다.

또는 푸른 하늘의 흰구름 위로 올라간다. 뒷곁의 올라감, 그 끊임없는 상승. 그리움의 물이 삶의 짙은 짓빛 물초롱에서 나와 아침이면 환히 웃으며 피어나던, 지금은 결코 찾을 수 없는 나팔꽃잎 속으로 가만히, 가만히 흘러든다.

문턱의 노래

"요샌 방이 방같질 않아." "왜요?" "전부 마루바닥이지 ……
문턱도 없지 ……."

그리고 보니, 언제부턴가 우리들의 집에서 문턱이 사라지고
있다. 특히 아파트의 경우에는, 아예 문턱이란 것을 찾아볼
수 없다. 우리집이라는, 말하자면 영역표시인 대문과 바깥을
확연히 갈라주던 그것. 대문 안에 들어서면 내 것들로 둘러싸
인 나의 영역으로 들어왔다는 안도의 한숨이 몰려오게 하던
그것, 방의 문턱도 그렇다.

옛날 집들은 문이 잘 열리지 않았다. 문턱 때문에 방으로
들어오려는 자는 잠시 문과 싱갱이 해야 했다. 문턱을 없애자

그런 불편한 문제는 일시에 해결되었다. 그렇지만 그것은 방문자에게 문턱을 넘어서느라, 잠시 호흡을 가다듬게 하는 것이었으며 동시에 방안에 있는 사람에게도 내방객을 맞을 준비를 할 시간을 주었던 것이 아니었을까. 마치 우리 한옥의 댓돌이 잠시 방문객으로 하여금 숨을 가다듬게 했던 것처럼.

아무튼 방으로 들어오려면 잠시 그것을 건너야 했던, 방과 마루가 확연히 구분되게 하던 그것, 그것이 언제부턴가 사라지고 있다. 말하자면 아파트에 들어서면 우리는 그 집의 벗은 온몸과 곧장 부딪히게 된다. 좀 괜찮은 아파트에는 이럭저럭 중문이라는 것을 만들고 있긴 하지만 대부분의 서민 아파트는 현관 문을 열면 바로 그 집의 모든 것과 부딪히게 된다. 그것은 마치 떼어버려도 괜찮다고 생각되던 맹장처럼 이제 집이란 몸에서 아무 역할도 하지 않는 것이 되어버린 것이다.

조선 조 고택을 보러 갔다가 고택 대문의 문턱에 걸려 넘어졌다. 바닥이 매끈한 아파트에만 익숙하던 내 발이 딴 데를 보는 순간 거기 걸린 것이다. 넘어지면서 나는 또 문턱에 대해 생각한다. 나의 급함을. 왜 잠시 그 높은 문턱 앞에서 숨을 가다듬으며 겸손해지지 않았을까, 하고. 원래 우리의 생활 속에는 '한숨 돌리게' 하는 것들이 많았다. 말하자면 '한 박자 늦게' 가게 하는 장치들이었다고 할까. 보다 거창하게 말하면 숨가쁘게 우리를 압박하는 삶을 사는 전략이었다,고 할는지.

어느 새 우리는 너무 급해졌다. 우리가 원래 그런 것은 아니었다. 그러나 그것이 미덕이 아니라고 여겨진 때부터(아마 일제 식민지 시기가 아니었을까 싶다.) 우리는 잠시 숨을 가다듬는 것을 악덕시 했다고 해야 하리라. 재빠르지 못한 소치로.

잠시잠시 숨을 돌리자. 한 박자 늦게 가자.

문턱의 노래가 들려온다. '나는 삶의 지혜예요. 잠시 나의 몸 위에서 숨을 가다듬으세요.'

아궁이

대학시절이었다. 첫연애가 실패로 끝났을 때였던 것 같다. 하루종일 방안에 들어앉아서 사진 정리를 했다. 태워버릴 것을 분류해냈다. 한 웅큼 되었다. 여러 사람이 있는 사진에서 연애하던 '그'만 골라서 잘라냈다. 사진뿐만이 아니었다. 편지들도 꽤 많았다. 색이 바래 이미 누렇게 된 편지도 있었다. 나는 눈물을 흘리며 그것들을 들고 나갔다. 태우는 것이 제일 좋은 방법이라고 생각하면서. 그런데 사진을 한 웅큼 들고 방 밖으로 '결연히' 나간 나에게 그것들을 태울 곳으로 아궁이가 얼른 생각났다. 나는 발뒤꿈치를 세우고 살금살금 부엌으로 걸어갔다. 그러나 아뿔사, 아궁이엔 편지를 집어넣을 수가 없었다. 왜냐하면 그때 우리집의 아궁이는 연탄보일러를 놓으면서 이미 폐쇄되었기 때문이었다. 연탄 아궁이에는 사진이나 편지들을 던져넣을 공간이 없었다. 나는 사진과 편지뭉치를 든 채 당황했다. 그렇다고 마당에 불을 피울 수도 없는 노릇이고. 식구들이 다 눈치챌 것은 물론 어머니가 나오시면 어쩌나, 라고 걱정되었기 때문이었다. 할 수 없이 나는 방으로 돌아왔다. 그리곤 사진을 다시 방바닥에 늘어놓았다. 그리고 가위를 들었다. 잘디잘게 그것들을 잘랐다.

그러니까 나에게 아궁이는 어머니이다. 언제나 위압적이시던 나의 어머니. 위압적이면서도 동시에 다정했으므로 내가 전적으로 의지하지 않을 수 없었던 어머니, 무엇이나 다 할 수 있으신, 아버지가 안 계신 우리 집의 기둥이던, 어딜 가나 그 그림자가 나를 휩싸고 있음을 느끼게 하던 여인.

아궁이 앞에서 불지피는 여인의 모습을 생각해보라. 치마를 한껏 벌리고 아궁이에 남아있는 재를 훅훅 부는 모습은 얼마나 신성한가. 옛날엔 불씨를 꺼트리는 여인네는 심한 처벌을 받았다, 는 기록도 있지 않은가. 그 불씨가 있는 곳, 그러니까 아궁이는 성소聖所이다. 하느님의 법궤처럼 거기엔 신성한 불씨가 있다. 그리고 거기엔 솥이 있다. 구수한 밥냄새가 있다. 뜸의 순간이 있다.

한국의 문화는 아궁이의 문화이다. 은은하게 그러나 주황빛으로 타오르는 아궁이의 불. 그것은 그러나 세상에 드러나는 법이 없다. 가장 깊은 곳, 부엌의 가장 깊은 곳에 숨어서 피어오른다.

나의 시 '우리가 물이 되어'에는 '저 불 지난 뒤에 흐르는 물로 만나자. / 푸시시 푸시시 불꺼지는 소리로 말하면서 / 올 때는 인적그친 / 넓고 깨끗한 하늘로 오라. //'라는 구절이 있는데, 언제부터인가 많은 사람이 묻곤 한다. 거기 나오는 불의 이미지의 의미가 무엇이냐고. 질문을 받은 처음엔 무척 당황하였다. 왜냐하면 그 시는 애초엔 분단 통일시로 쓴 것이었으므로 거기 나오는 불의 의미는 당연히 무기라든가 그런 화기火器들을 의미하는 것이었다. 그런데 사람들은 그것을 정화淨火, 즉 성스러운 불로 생각하였던 것이다. 그러니 도무지 해석이 되지 않아 나에게 질문하곤 하는 것이었다. 아무튼 그 질문 때문에 깨닫게 되었다고나 할까, 그 불은 바로 어머니가 계시던 아궁이의 불이었음을. 그러니까 그 시의 불의 의미는 이중의 의미를 띄는 것이다. 무기라는 부정적인 상징의 의미와 정화라는 긍정적인 상징의 의미를 동시에.

그런데 언제부턴가 그 아궁이가 사라졌다. 주거문화가 바뀌면서 재래식의 그 '성소'들은 천덕꾸러기가 되어 얼른 뜯어고쳐지고, 또는 아예 무시되곤 했다. 주택일지라도 거기에 아궁이는 이미 없다. 디스크를 유발한다든가 하는 죄를 뒤집어쓰고 아궁이는 목숨을 거두었다. 그러나 지금 아궁이의 불씨가 사라진 가정들에는 그 무엇인가 가족들을 접착시키던 강렬한 본드와 같은 것들이 사라진 것은 아닌가, 라는 생각이 든다. 가족들은 뿔뿔이다. 아이들도 조금만 자라면 서양식으로 성인식을 하고 자기의 인생을 자기가 결정한다면서 집을 나가기가 일쑤다. 하긴 요즘은 경제적인 문제로 결혼을 하고서도 집을 떠나지 않는다고들 하지만.

아궁이는 가장 깊은 마음의 밀실이다. 거기엔 꿈이 있다. 꿈이 피워 올리는 하얀 연기가 있다. 타오르되, 은은히 열을 내뿜을 뿐 혓바닥을 널름대는 등 사나운 모양은 보이지 않는 우리들의 '불집', 아궁이가 있었던 탓에 우리의 문화는 은은한 향기를 피워 올릴 수 있지 않았을까. 격렬한 몸짓 대신 조용하고 느리나, 따스한 우리의 문화. 그러나 아궁이가 없어지면서 사람들은 은은히 타오를 줄을 모른다. 인생을 급히, 대답을 얼른얼른 들으면서 살지 않으면 성이 차지 않는다. 아, 아궁이. 우리를 성스러운 불로써 덥히며, 마음을 다스려주며, 밥을 지어 먹이던, 그 따뜻하면서도 매운 연기의 향내여.

아
랫
목
을

위
하
여

　요즘 세상에서 없어진 것이 한두 가지가 아니지만, 아랫목도 그중 하나일 것이다. 오늘의 주거환경이 아파트를 중심으로 바뀐 탓에 집이라고 하면 아무리 주택이라 할지라도 아파트의 내부같이 짓기 마련이다.

　아파트에선 모든 방이 한 평면 위에 놓여 있다. 말하자면 따뜻함도 한 평면 위에 놓여 있다고 해야 할 것이다. 보일러는 집안의 공기를 다 똑같이 평준화한다.

　옛날 주택은 그렇지 못했었다. 같은 방이라 할지라도 아랫목과 윗목이 있었다. 그 둘의 온도는 절대 하나로 평준화되지 않았다. 따뜻하다 못해 따끈한 아랫목은 그 집안의 가장 어른의 몫이거나, 혹은 항상 담요라든가 이불같은 것이 깔려 있는, 포근한 어떤 곳, 빛깔로 치자면 오렌지 빛의 그런 곳이었다.

어릴 적 우리 집 아랫목에는 늘 담요가 깔려 있었다. 요즘 담요들 같은 그런 보들보들한 극세사의, '모던한' 담요들이 아니라, 거친 짙은 초록빛의 군용담요. 그 아랫목 담요 밑에는 늘 밥 한 그릇이 있었다. 늦게 오는 식구를 위하여 식지 말고 오랫동안 따뜻하라고 어머니가 넣어놓은 것, 그러니까 아랫목의 그 담요는 요즘의 그 흔한 보온 밥통인 셈이었다. 비닐에 싸여 냉동실에 던져져 있던 밥을, 혹은 햇반을 렌지에 데우는 것과 그 담요의 온기를 어찌 비교하랴. 아랫목의 그 밥 한 그릇. 때로는 몇 개의 밥그릇이 이불 또는 담요 밑에 동그랗게 둘러 앉아 있던 아랫목.

어머니는 늘 담요 밑에 손을 넣어보고 추운 바깥에서 들어온 나를 끌어당기곤 했다.

식구들이 돌아옴에 따라 아랫목은 원탁회의장 같은 곳이 되었다. 식구들은 거기 담요 밑에 발을 넣고 둥그렇게 둘러앉아 단감을 깎아 먹거나, 사과를 깎아 돌리면서 이것저것 이야기를 하곤 했다. 불평사항을 말하기도 하고 어떤 일에 대한 서로의 의견을 묻기도 하고. 정치적인 이야기로 서로 열을 올리기도 하고 …… 마치 원탁회의라도 하는 것처럼 진지하게. 갑자기 생기가 난 이모의 빠른 말소리, 또는 말씀이 끝나길 기다리려면 침을 몇 번이나 꼴깍 삼켜야 하는 할머니의 느리디 느리신 낮은, 말소리 …… 그곳은 순간 식구들을 '원탁의 기사'로 만드는 신비한 힘이 있었다. '원탁의 기사'가 된 식구들은 쉽사리 거기서 발을 빼지 않았다. 담요밑에서 그들의 발은 서로 부딪히며 서로를 응원하곤 했다. 어머니의 손은 아랫목에서 늘 바쁘셨고 …… 담요밖으로 삐져 나온 발들에 담요를 끌어당겨 덮어주시느라고.

'아랫목'은 비현대적인 옛날 식의 어떤 곳, 그래서 개조되어야만 할 곳이 아니라, 자기의 온 몸을 따끈하게 끓임으로써 그 곳의 거주자들에게 봉사한, 요즘식으로 말하면 일종의 '대화방', '단톡방'이 아니었을까.

옥
상

어느 날엔가 우연히 바라보게 된, 한 빌라의 옥상에선 아주 따뜻한 광경이 펼쳐지고 있었다. 등불을 가운데 두고 가족들이 둥근 탁자에 둘러앉아 무엇인가를 마시며 담소하고 있는 광경이었다. 마침 그 옥상엔 아마도 그 가족들이 키우는가 싶은 토끼 두 마리가 있었는데 그날 밤엔 그 가족의 막내인 듯 싶은 작은 남자 아이가 토끼를 쫓아 옥상 이곳저곳을 뛰어다니고 있었다. 삼촌인 듯 싶은 한 남학생이 위험하니 뛰어다니지 말라는 듯이 아이의 뒤에 대고 무어라고 소리치고 있었다. 오렌지빛 불빛이 마치 후광처럼 아이의 뒷모습을 감싸고 있었다. 조금 있으니 한 아주머니가 음식이 잔뜩 담긴

쟁반을 들고 옥상 구석에 있는 작은 문을 통해 조심조심 탁자로 다가왔다. 나는 정신없이 내려다보았다. 거기엔 가족이 있었다. 옥상은 순간 희망의 공간이 되고 있었다. 오렌지빛 등불의 후광을 받고 있는, 희망이며 가능성인 가족. 가족의 살 부딪음 속에서 우리는 '순간 없는 순간'을 무시로 경험하곤 한다.

'옥상' 하니까 그 옥상도 생각난다. 거기도 어떤 작은 연립주택의 옥상이었는데(지금은 재개발되어 연립주택들은 길이 되어 버렸다), 마침 그 앞을 지날 때 한 여자가 마치 발레리나처럼 발을 곧추세워 들고 빨래를 탁탁 털어 빨랫줄에 널고 있었다. 그 여자의 발뒤꿈치 위로 하얀 햇빛알이 쏟아지고 있었다. 마침 정차하고 있는 바람에 나는 그 여자의 무용을 한참이나 바라보았다. 그날 저녁 나는 시 하나를 썼다.

햇빛이 '바리움' 처럼 쏟아지는 한낮, 한 여자가 빨래를 널고 있다. 그 여자는 위험스레 지붕 끝을 걷고 있다. 런닝 셔츠를 탁탁 털어 허공에 쓰윽 문대기도 한다. 여기서 보니 허공과 그 여자는 무척 가까워 보인다. 그 여자의 일생이 달려와 거기 담요 옆에 펄럭인다. 그 여자가 웃는다. 그 여자의 웃음이 허공을 건너 햇빛을 건너 빨래통에 담겨 있는 우리의 살에 스며든다, 어물거리는 바람, 어물거리는 구름들, 그 여자는 이제 아기 원피스를 넌다. 무용수처럼 발끝을 곧추세워 서서 허공에 탁탁 털어 빨랫줄에 건다. (중략) 그 여자의 무용은 끝났다. (중략)

['빨래 너는 여자'의 일부]

그 옥상도 잊을 수 없다. 그때 나는 아주 젊은 새댁이었다. 나의 딸이 겨우 다섯 살이었으니까. 나는 외출에서 돌아오면 옥상으로 유모차를 들고 올라가곤 했다. 옥상 밑은 마침 어떤 대학 캠퍼스의 뒤숲이었다. 나무들이 흔들렸다. 나무 하나가 흔들리니 나무 둘이 흔들리고 온통 흔들림이 그 숲을 가득 채웠다. 옥상 위에서 나도 흔들렸다. 우리는 모두 함께함께 흔들렸다. 햇빛은 옆에서 순결하게 웃고 있었다. 덕분에 그 시절 그날에도 나는 시 하나를 썼다. '숲'이라는 시이다.

나무 하나가 흔들린다
나무 하나가 흔들리면

나무 둘도 흔들린다

나무 둘이 흔들리면

나무 셋도 흔들린다

이렇게 이렇게

나무 하나의 꿈은

나무 둘의 꿈

나무 둘의 꿈은

나무 셋의 꿈

나무 하나가 고개를 젓는다

… (중략) …

이렇게 이렇게

함께

[‘숲’ 일부]

　　옥상은 희망과 절망이 나란히 앉아 있는 공간이다. 희망은
절망 곁에서 더욱 희망이 된다. 카뮈의 에로스트라트처럼 뛰

어내리고 싶은 마음을 주다가도 어느 순간엔가 절망 곁의 희망의 어깨를 쓰다듬게 되는. 이 삭막한 도시에서 파아란 혹은 노오란 물통을 이고 잔뜩 몸을 옹크린 옥상은, 그러나 하늘과 땅의 중간에서 그 양쪽 가능성을 다 품는 포용의 공간이며, 한쪽 끝에는 절망이 또 한쪽 끝에는 희망이 앉아 있는 계단이기도 하다. 거기서 우리의 모든 순간들은 영원으로 완성될 수 있으리라.

우물

　그곳을 생각하면 항상 한 여인이 배추를 흔들던 모습이 생각난다. 백일홍, 파초, 분꽃이 어우러진 시골스런 동그란 꽃밭 너머로 배추를 물에 씻어 흔들며 학교에서 막 돌아오는 나를 향해 얼굴을 한껏 펴던 여인. 그때 나의 가방엔 무엇이 그리 불룩하던지. 삐이걱 — 하는 대문을 밀고 들어오는 나를 맞던 그 물에 젖은 미소는 지금도 나를 그립게 한다. 그녀는 말하자면 알바트로스였다. 어쩌다 이 지상이라는 뱃전에 잘못 착지한, 날개가 너무 큰 탓에 지상에서는 착지를 잘 못해 뒤뚱거리는 모습, 그러나 한없이 선한, 검은 눈동자. 그녀는 그렇게 묘한 아름다움을 지니고 있었다. 그리고 언제나 그 큰 날

개는 나를 희망에 가득차게 하였다. "그녀는 어떻게 해 줄거야" 하는 믿음을 주곤 하던 그 큰 날개. 우물을 배경으로 흔들고 있던 그 큰 날개. 어쩌면 그녀는 장자가 말한 대붕大鵬이었을까. 어느 날은 거기에 짙푸른 수박이 둥둥 떠 있기도 했다. 마치 우주의 심연처럼. 푸르고 둥근, 속살이 한없이 붉은 심장의 소유자 수박, 그 속살은 얼마나 시원하고 달콤했던가. 우물은 그 시절 냉장고 대신이었다. 수박을 안고 있는 그 차디찬, 그러나 밑바닥은 아마도 따뜻했을 그 물, 그 물 속에 어른거리는 내 얼굴을 들여다보며 '너는 누구인가', 소리지르던 어느 날의 외침. 그러면 내 목소리는 그 심연의 벽에 부딪쳐 몇 겹의 메아리 되어 돌아오곤 했었다. '너는 너야, 너를 가장 잘 아는 사람은 너야'라고.

거기엔 또 두레박이 있었다. 두레박은 나를 심연으로 끌고 들어가곤 했다. 그리고 '너는 너야'라는 외침을 확인시켜주곤 했다. 나는 두레박으로 물을 퍼올리곤 손을 씻었다. '그래, 나는 나다'라고 중얼거리며. 마치 선녀의 두레박처럼 내 존재의 답을 한 가득 담아오던 두레박. 그런데 어느 날 거기 우물엔 뚜껑이 덮이고 쓰레기가 던져 넣어지기 시작했다. 냉장고가 들어오고 하면서 더 이상 구실을 못하게 된 탓이었을 것이다. 그리고 나는 그 집을 떠났다. 언젠가 거길 가보니 그곳엔 웬 낯선 건물이 서 있었다. 하긴 인생이야 그렇게 지나가고 또 지나가는 것이지만, 나는 그날 유독 나의 우그러진 자화상을 보는 슬픈 기분이었다. 나는 윤동주의 시를 가만히 중얼거렸다.

산모퉁이를 돌아 논가 외딴 우물을 홀로 찾아가선 가만히 들여다봅니다.

우물 속에는 달이 밝고 구름이 흐르고 하늘이 펼치고 파아란 바람이 불고 가을이 있습니다.

그리고 한 사나이가 있습니다.
어쩐지 그 사나이가 미워져 돌아갑니다.

돌아가다 생각하니 그 사나이가 가엾어집니다.
도로 가 들여다보니 사나이는 그대로 있습니다.

다시 그 사나이가 미워져 돌아갑니다.

돌아가다 생각하니 그 사나이가 그리워집니다.

우물 속에는 달이 밝고 구름이 흐르고 하늘이 펼치고 파아
란 바람이 불고 가을이 있고 추억처럼 사나이가 있습니다.

[윤동주, '자화상']

생떽쥐베리는 '사막이 아름다운 것은 어딘가 샘이 있기 때
문이다'라고 하였던가. 이 세상이라는 사막, 어딘가 있는 샘.
바로 그 우물이다. 그 우물은 심장같은 붉은 속살을 안고 내
가슴의, 결코 깊이를 알 수 없는 오아시스에 떠 있었다. '못보
던 물고기가 새가 되어 날아가는' 존재의 오아시스.

동양의 문화는 우물의 문화가 아닐까. 끝없이 샘솟는, 그
러나 그 샘솟음이 결코 보이지는 않는 고임과 흐름의 결합,
나의 자화自畵가 있는 곳. 어머니와 아버지가 계신 곳을 이루
던 곳, 얼마나 더 잃어버려야 우리의 존재의 꿈은 돌아올 것
인가.

그곳의 물은 결코 정체의 물이 아니다. 고인물이 아니다.
세계 도처에 우물이 있지만 우리의 그것은 자화가 그려지는
존재의 심연이다. 존재의, 결코 부패되지 않는 냉장고이다. 다

시 한 번 말하자. 우리네 우물은 자화의 공간이다. 뒤돌아감과 앞으로 나감의 공간이다. 결합의 공간이다. 그 공간과 공간의 이동은 두레박이 맡는다. 우리는 두레박이라는 '답'을 지니고 있다. 거기서 오늘의 삶의 선녀는 지상에 그 아름다운 옷자락을 펄럭일 것이다. 하늘이 아닌, 땅에 확고히.

처
마

아마 그 날은 오랜만에 눈이 내린 다음 날, 아니 다음 다음 날 쯤 되었던 것 같다. 눈이 그친 뒤 하얀 눈이 소복소복 쌓인 창밖을 보다 나는 한 소리를 들었다. "똑-똑-" 하는 소리였다. 무슨 소리일까 하고 소리가 들리는 곳으로 다가가다 보니 거실 한 구석에 있는 창에 이르게 되었다. 거기 서서 다시 소리에 귀를 기울이다가 문득 나는 그 소리가 눈이 "똑-똑-"거리며 녹아내리는 소리임을 깨달았다. 나는 한참동안 창 앞에 서서 그 "똑-똑-"거리는 눈의 소리를 들었다. 오랜만에, 정말 오랜만에 듣는 눈녹는 소리. 그것에서는 향기가 나는 것 같았다. 알 수 없는 부드러운 발소리가 다가오는 것도 같았다. 돌아가신 어머니의 흰코고무신 발자욱 소리처럼 소리 안나게 살며시 밟아오는 발자욱 소리 …… 결혼한 이후 아파트라는 주거형태에만 나를 담고 살아오다 보니 오랫동안 눈녹는 소리를 듣지 못했었기 때문에 그날의 눈 녹는 소리는 거의 황홀했다. 아파트라는 건물은 수직이라는 그 건축물의 구조상 '하늘의 필터' 역할을 하는 처마가 없으니 눈녹는 소리라든가 비가 지붕을 훑어내리는 소리가 '똑—똑—'거리며 들릴 리가 없다. 또 처마가 없는 아파트라는 공간은 비가 주룩주룩 내려도, 눈녹는 소리가 '똑—똑—'거려도 이중창을 닫으면 그런 미세한 소리는 전혀 들리지 않는다. 아니 들리지 않을수록 차단 기능이 높은 고급의 창유리를 썼으므로 비싼 공간이 된다. 아무튼 그날 눈녹는 소리는 나를 '머나먼' 유년 시절로 데리고 갔다. 거기 처마 밑엔 어린 내가 여러 어른과 함께 서서 흐린 하늘을 쳐다보고 있었다.

우리네 삶이 도시화되면서, 또 도시가 고층화되면서, 잃은 것이 어디 한두 가지이랴만, 그 잃어버린 것의 목록 속엔 눈녹는 소리, 비의 몸이 부딪는 소리같은 것도 넣어야 하리라.

그 어떤 밍크코트보다 따뜻하게 햇던, 처마가 만든 부드럽고 순결한 소리. 다정한 마음들이 넘치는 골목들은 그 시절,

키를 넘는 폭설에도 외롭지만은 않았으리라. 누군가 '홀로' 눈을 치우느라 고생하지도 않았으리라. 처마에 여러 사람이 들어서서 잠시 비를 또는 눈을 피하듯이 '여럿이서' '함께' 눈을 치웠으리라.

우리네 삶을 살만한 것으로 만들어주는 것은 말하자면 '포크레인 같은 기계화된, 인간의 힘을 넘어선 힘세고 편리한 것' 만이 아니라는 생각이 이 힘든 계절에 깊이 든다. 처마는 오히려 우리네 삶을 꽤 괜찮은 것으로 만들어주는, 우리의 선인들이 만든 문화의 구조적 장치가 아니었을까? 다정함과 따뜻함의 문화.

처마는 '여럿'을 생각하게 한다. 더 이상 홀로 비를 피하는 이들이 아닌 우리들, 고독하게 죽어가지도 않을 우리들을 말해 주는 다정한 그 어떤 것, 피신처라고나 할까?

한 집단의 문화란 그렇게, 고독을 이기게 해주는 것이어야 하리라. 여럿이 눈을, 비를 피할 수 있게 하는 처마같은 오늘의 문화, 그것이 오늘을 사는 우리가 만들어야 할 이상의 문화이리라. 그 처마 아래서 세상은 결코 혼자 사는 고독한 곳이 아닌, 혼자일까봐 두려워 떨지 않아도 좋은 그런 곳이 되리라.

아파트 같은 처마가 없는 오늘의 빌딩들을 생각하면 마치 눈썹이 없는 불행한 눈眼들 같다. 거기엔 안길 수 잇는 그 무엇이 없다. 우리는 모두 언젠가 "독거노인"이 될 시기만 기다리며 그 속에서 숙명의 외로운 존재가 되어갈 뿐이다. 서로를 증오하며 서로를 시기하며 이 세상의 눈쌓인 골목길들을 걸어가는 것이다.

니체는 1800년대의 한 메모에서 말한다. '매일 하나의 즐거움을 만드는 것 – "친구"'라고.

사랑의 눈을 지니고 친구가 되는 것, 그렇게 되면 오늘의 폭설은 몇 십억 원의 손해를 주고 있긴 하지만 꼭 재앙인 것만은 아니지 않을까? 그 순결한 하늘의 옷자락은 사랑의 눈으로 세상을 보게 만들 것이며, 며칠 뒤 그것이 녹는 날에는 언 마음들도 녹는 눈 따라 스르르 녹을 것이다. 질퍽거리는 골목길에서 함께 삽을 들며, 혹은 우산을 펴며.

2
—

도
사
리

9월에는

9월에는 결코 '나' 밖에서 돌아다니려고 하지 않으리라.

지난 여름에는 너무 많이 '나' 밖으로 떠 돌았다. 거의 매일 외출 하였다. 돈이 많았으면 하였다. 책을 읽기보다는 매일 가지고 다니기만 하였다. '나'만 슬프고 괴로운 줄 알았다. 모든 사람들이 가슴에 남모르는 웅덩이 같은 것을 가지고 있음을 이해하지 못했다. 그래서 늘 오만하였다.

9월에는 더 열심히 현관을 닦으리라.

약간 오래된 집으로 리모델링을 하여 이사를 온 덕분에 여러 가지 좋은 버릇이 생겼다. 무엇이든지 열심히 닦는 버릇이다. 현관도 열심히 닦는다. 혹 아랫집에 피해라도 갈까봐, 또는 수채구멍이 막히기라도 할 까봐 목욕탕 바닥이라든가, 화분에 물을 줄 때에는 특별히 조심한다. 마당이 좁으므로 뒷사람을 생각하며 구석부터 자동차를 주차시킨다. 하긴 경비원 김씨로부터 주의를 듣고 난 후였지만 …… 버릇대로 가장 좋은 자리에 주차시키려고 차를 돌리자, 경비원 김씨가 몸을 틀며 미안한 듯 가까이 왔다. '저기. 제가 봐 드릴게요. 여긴 나중에 들어오시는 분을 위해서 남겨 놓으면 어떨까요? ……' 나는 부끄러웠다. 그 경비원은 책을 읽는 경비원이었다. 내 책도 읽는 경비원 …….

그 닦는 버릇은 새벽에 일어나면 맞은 편 언덕의 불도 반짝반짝 닦게 한다.

한밤중에 보는 저쪽 언덕은 불빛들이 수놓아진 보석상자 같다. 아마도 낮에는 키낮은 집들이 다닥다닥 붙어있는 가난한 언덕이리라. 그러나 한밤중에는 아름답다. 온통 반짝반짝한다. 나는 한 쪽 구석에서부터 그 불빛들을 닦기 시작한다. 어느 날은 총채로 털기도 한다. 불빛 터는 일로 날이 훤히 밝아버릴 때도 있다. 그러나 시간이 아깝지 않다. 나는 아직도 나를 더 반짝반짝 닦아야 하리라.

9월에는 어머니를 더 생각하리라.

어머니가 아버지와 사랑한 그 언덕을 생각하리라

공교롭게도 지금 내가 살고 있는 곳은 아버지와 어머니가 젊으셨을 때, 그러니까 6·25 전쟁 때 피난 오셔서 사시던 곳이다. 그렇다면 아버지와 어머니도 어느 날 저 언덕을 오르셨을 것이다. 오르시면서 손을 잡으셨을지도 모른다. 어머니로 보면 그런 아름다운 시간은 목숨을 걸고 임진강을 건너셨기 때문에 가능한 것이었을 것이니 얼마나 감격스러웠을까. 어머니가 목숨을 걸고 강을 건네주는 「지게 할아버지」의 지게에 나를 업은 채 달랑 올라앉아 러시아 병사의 총소리를 들으며 강을 건너셨을 때, 모개신(짚신의 이북 사투리)이 아까와 맨발로 당시의 서울에 도착하셨을 때, 아버지가 놀라 아무 말씀도 못 하시고 쳐다 보시기만 하셨을 때 젊은 어머니는 과연 어떤 생각을 하셨었을까. 지금의 나처럼 8월이 조금 덥다고 정신마저 기진맥진하시지는 않았으리라.

9월에는 더 열심히 꽃병에 꽃을 꽂으리라

언제부턴가 나는 열심히 꽃다발을 산다. 그것을 꽃병에 꽂는 것이 일이다. 오늘 새벽 나는 잊지 말고 그것을 씻어주어야 한다. 물론 물도 갈아주고 그리고 나서 줄기를 씻어주고, 그리고 나서 꽃 한송이 한 송이마다 스프레이를 해 주어야 한다. 그러면 그것은 아마도 비리데기의 꽃이 되리라. 비리데기는 우리 신화의 여주인공이다. 버림받은 비리데기는 부모의 죽음에 이른 병을 고친다. 저승에서 온갖 고생 끝에 가져온 꽃가지로써이다. 그 살살이 꽃으로, 피살이 꽃으로 그녀는 부모를 살리고, 신이 된다. 그 꽃은 생명의 꽃이다. 나의 꽃도 생명의 꽃이 되어야 하리라.

9월에는 니체의 메모를 더 몰두하여 읽으리라.

....

비상할 준비가 되어 있는 자
마비가 되어가는 것보다는 서툴게 춤추는 편이 낫다!

〈또는〉

....

숨막히는 독일의 혼잡한 소리에서

모차르트와 로시니, 쇼팽이 나왔고 ……

[니체의 메모 중에서]

도
사
리

일생동안 아름다운 한국 말들만 모으다가 세상을 떠난 분 중에 장승욱 선생이 있다. 그는 '재미나는 우리말 도사리'라 는 책을 발간하였다. 나는 책을 받는 순간, '도사리'가 뭐지? 하면서 제목에서부터 헉, 하고 턱에 걸리는 듯 하였던 것을 아직 잊지 못한다. 그래서 '도사리'라는 말의 해설을 찾아봐 야 했다. '도사리'는 익는 도중에 바람이나 병 때문에 떨어진 열매, 한자로는 낙과落果, 또는 못자리에 난 어린 잡풀을 가 리키는 순 우리말이라는 설명이 써 있었다. 그러면서 '지은이 는 다섯 해 넘게 이른 새벽 과원에 나가 이들 도사리를 줍는 심정으로 순우리말 4793개의 어휘를 모아 사라져 가는 우리

말의 본뜻과 속뜻, 그것들의 올바른 쓰임을 전한다, 는 설명이 이어지고 있었다. 작가의 말도 인상적이었다.

'…… 이 책을 내면서 도사리를 한 광주리 모아 팔겠다고 시장 귀퉁이에 나앉아 있는 촌부村婦의 심정이 된다. 그러나 이 도사리들이 누군가에게는 반짝이는 보석이 될 수 있지 않을까, 그랬으면 좋겠다. 도사리, 감또개, 똘기 …… 이런 작고 예쁜 것들의 이름을 누가 불러주었으면 좋겠다. 새벽 과수원에 나가 도사리를 줍는 마음으로 쓴 글들을 이름모를 그대들에게 바친다.'

첫장을 여니, 감투밥, 강다짐, 구메밥, 매나니, 소울치 …… 같은 밥에 관한 말의 종류들이 써있다. 한 마디도 모르겠다. 나는 공연히 장선생에게 죄스러운 마음이 들었다. 한국의 시인이란 사람이 '밥'을 이르는 한국말들도 모르다니 …… 책의 아무 곳이나 편다. 불에 관한 말들 - 깜부기불, 불땀, 불무지, 잉걸불, 후림불, 숟가락, 젓가락에 관한 말들 - 두메한짝, 매, 술잎, 술총, 그밖에도 맛바르다, 바특하다, 타분하다 등등. 한이 없다. 전부 모를 말들이며 표현들이다. 이러고도 한국 사람인가, 나는 절로 탄식이 난다.

하긴 말을 담는 그릇인 목소리도 말의 아름다움에 한몫하기는 한다. 그러나 아름다운 아나운서의 목소리라든가, 아름다운 테너의 목소리가 꼭 아름답게 느껴지는 것은 아니다. 참 이상하게도 간절성이 있다거나, 착함이 엿보이는 목소리, 말소리, 절대로 웅변술학원 같은 데서는 배울 수 없는 그 사람만의 목소리. 그러니까, 말과 말의 그릇인 목소리는 그 사람의 '그 무엇인가'를 (그것을 흔히는 인격이라고 하지만) 전해준다.

가끔 사투리를 들으면, 그 정감있는 말소리에 가다가도 돌아서게 되는 목소리가 있다.

아마도 나는 그 할머니의 목소리를 잊지 못할 것 같다. 시장골목의 죽집 할머니이다. 단호박죽이 특히 맛있던, 그리고 가게에 들어서면 가득 늘어놓여 우리를 맞던 누우런 단호박들 …… 거기서 들려오던 그 목소리, 필요한 것이 뭐 없나 하고 물으며 '물김치 한 보시기'를 더 갖다 주던 그 목소리 …… 죽집을 나오려면 '잘들 가시오 ……' 하고 배웅하던 포근한 목소리, '참 괜찮지?' 누군가 말했다. 일제히 우리는 간판을 한 번 더 쳐다 보았다. '다음에 다시 오자' 누군가 말했다.

현대의 혁명적인 작곡가 스트라빈스키는 그의 강의록에서 불협화음을 중요한 음의 한 요소로 논하면서 음악세계에서만이 아니라, 이 현실에서도 의미있는 말을 한다. "확실히 짚고 넘어갑시다. 대담함이 가장 아름답고 위대한 행동의 원동력이라는 것은 내가 누구보다 앞장 서서 인정할 수 있습니다. 하지만 그렇기 때문에 무슨 수를 써서라도 센세이션을 일으키려고 대담함을 분별없이 무질서와 노골적인 욕망에 쏟아서는 안된다고 생각합니다."

그러면 이참에 사투리를 적재적소에 씀으로써 아름다운 시를 만들었던 백석의 시 한 편 읽어보자.

새끼오리도 헌신짝도 소똥도 갓신창도 개니빠디도 너울쪽도 짚검불도 가락닢도 머리카락도 헌겊조각도 막대꼬치도 기와장도 닭의 짖도 개터럭도 타는 모닥불

재당도 초시도 문장늙은이도 더부살이 아이도 새사위도 갓사둔도 나그네도 주인도 할아버지도 손자도 붓장사도 땜쟁이도 큰 개도 강아지도 모두 모닥불을 쪼인다

모닥불은 어려서 우리 할아버지가 어미아비없는 서러운 아이로 불상하니도 모둥발이가 된 슬픈 력사가 있다.

[백석, '모닥불' 전문]

여기서 새끼오리는 새끼줄이고, 니빠디와 짖은 각각 이빨, 깃의 평안도 사투리이다. 모닥불에 타는 밤풍경이 고즈넉이 그려지지만, 그러나 여기의 모닥불이 식민지의 슬픈 모닥불임이 어떤 구호 없이도 드러나지 않는가. 삶에서 만들어진 말들, 기나긴 우리 민족의 전통 속에서 만들어진 말들, 아름다운 말들.

TV뉴스를 보며 스트라빈스키의 말처럼 대담하지만, 아름다운 인격을 드러내는 말, 백석이 일찍이 만들어놓은 아름다운 우리말의 정경들, 장승욱 선생이 모아놓은 아름다운 도사리들을 새삼 생각한다. 비도 그 내리는 정도에 따라 '는개, 먼지잼, 못비, 작달비, 잠비' 등으로 말하던 우리의 포근한 말들 – 이런 말들로 대선 후보들은 아름다운 세상을 약속할 수는 없는가. 상대방을 헐뜯지 않으면서도, 소리 소리 지르지 않으면서도, 상대를 이길 순 없을까. 부드러움과 따뜻함으로 결국엔 나그네의 외투를 벗긴 태양의 옛이야기에서처럼.

반갑다, 어둠이여, 당신이 있으니 내가 밝은 것을…

한밤중에 불현듯 눈이 떠졌다. 다시 잠이 들질 않아 아예 커피 한 잔을 들고 어두운 창 앞에 앉는다. 멍하니 창밖의 가로등을 내다 보니 어둠이 그 곁에 있다가 쓰윽 앞으로 나선다. 어둠은 그 바리톤의 목소리로 나에게 말을 한다. "보다 정직해봐. 그때 왜 그랬어. 그렇게 하지 않았더라면 지금 너는 그렇게 후회하고 있지 않을 텐데 말이야."

나는 어둠의 말을 들으며 어둠의 커튼 뒤에서 슬며시 떠오르는 얼굴을 본다. 그 얼굴을 보려니 별 생각이 다 난다. 정말 그때 '왜 그랬을까'. 커피를 마시면서 나는, '정말 그때 왜 그랬을까, 그렇게 하지 않았더라면 ……' 하고 중얼거린다.

그 첫 번째 얼굴: 아무래도 어머니이다. 내가 콸콸 쏟아
져 나오는 샤워기 밑에 서 있을 때면 유난히 생각나는 어머
니, 어머니는 아마 그런 샤워를 해보지 못하셨겠지, 기껏해야
대중목욕탕의 뜨거운 '탕'에나 들어가 보셨을거야. 또 마트에
서 잔뜩 먹을 것들을 사가지고 나와 자동차 뒷트렁크에 실을
때면, 특히 스르르 하고 트렁크의 덮개가 열릴 때면 간절하게
생각나곤 하는 어머니, 어머니는 이렇게 멋지게 장을 보시진
못하셨겠지. 마음대로 물건을 사고, 그렇게 산 것을 수레에
가득 실어 자동차로 나르는 걸 어찌 생각이나 하셨을까. 낑
낑 – 시장 가방을 들고 길을 걸으셨겠지. 겨우 버스에 위험하
게 올라서셨거나. 만약 운전을 배울 기회가 있으셨다면 나보
다 훨씬 잘 하셨을텐데 ……. 그런데 나는 그때 왜 어머니에게
화를 냈을까. 어머니가 나를 업고 삼팔선을 건너지 않았더라
면 나는 여기 지금 없을 텐데 ……. 그러니까 어머니는 바람처
럼 사라지신 아버지를 찾아 깊고 찬 임진강물을 목숨을 걸고
건너셨고 그 조마조마한 등에는 백일 된 내가 업혀 있었다.
혹시 울기라도 할까봐, 그래서 무서운 소련군 병사에게 들키
기라도 할 까봐 조마조마 앞으로 돌려안아 아기의 입을 두손
으로 안아막으며, 신발이 닳는 것이 아까와 맨발로 피터지게

걸어 동두천 뚝 위에 서셨던 어머니, 6·25 전란시 피난할 때에는 솥을 안고 피난민 열차에 올라타셨던 어머니, 그때는 백일된 동생이 어머니의 등에 업혀 있었다. 그런데 나는 그런 어머니에게 화를 냈었다. 은근히 무시했었다. 그 촌스러움을 부끄러이 여겼었다.

내가 중환자실에 있었을 때 '재수술을 해야 목숨을 구할 수 있지만, 그렇게 하면 식물 인간이 될 것이다'라는 의사에 말에 병원침대를 가로막고 나를 수술실로 데려가지 못하게 하셨던 어머니, 천운도 있었겠지만 나는 자연스레 회복되는 기적을 보여주었고 뒤늦게 공부하게 되었으며 교수도 하게 되었다. 어머니가 아니었다면 지금 쯤 나는 온몸이 마비된 채 근근히 살아있을 것이다. …… 그럼에도 어머니를 미워했었다. 나를 이해하지 못하는 어머니를. 나의 글쓰기, 아니 여자의 글쓰기를 도저히 용서하지 못하셨던 어머니를. 남동생을 질투하며.

그 두 번째 얼굴:

어둠 속을 바라보려니 또 한 얼굴이 다가온다. 그 남자이다. 그렇게 보내는게 아니었는데 …… 나는 정말 가슴을 친다.

그 남자의 언제나 웃곤 하던 얼굴이 어둠 속에 떠오른다. 우리는 함께 젊은 시절을 보내지 않았었는가. 마지막으로 찾아온 그에게 차 한 잔 주지 않았었다니, 쳐다보지도 않았었다니 …… 그 남자의 흠집을 도저히 용서할 수 없었다니 …… 실은 우리 모두 가지고 있는 생의 흠집들을 …….

  그 세 번째 얼굴:

  J수녀의 얼굴이다. 계란을 반숙으로 삶을 때면 꼭 생각나는 J수녀. …… 그녀는 계란 반숙을 정말 잘했었지. 계란의 꼭대기 부분을 동그랗게 벗겨 반짝이는 은스푼으로 계란 속을 먹게 했었지. 그녀는 또 온갖 음식을 척척 만들던 그 놀라운 손으로 나의 아이를 거두어 주었었다. 예쁜 드레스를 죽은 아이에게 입히고, "걱정마세요. 천사가 되었을 거야. 죄를 하나도 안지었으니 ……." 그러면서 내가 끼어주었던 '누우런 금반지'를 아이의 하얀, 순결한 손가락에서 빼버렸었다. 그때 보이던, 그 금반지의 물렁물렁한 응큼스러움, 그런데 그 J수녀에게서 전화가 왔었다. 그때로부터 20여년이 지난 후였다. J수녀는 나에게 돈을 좀 꿔달라고 했다. 남동생 때문에 빚쟁이가 자꾸 온다고 …… 지금 생각하면 정말 얼마되지 않는 돈이었

다. 아무튼 20여 년의 간격은 나를 너무 놀라게 했었다. 놀란
바람에 말을 돌려가며 거절했다. 나는 그러면서 또 전화가 올
줄 알았었다. 그래서 막연히 기다렸었건만, 그러나 그 뒤 다시
는 J수녀의 목소리를 들을 수 없었다. 지금쯤 어떻게 되었을
까. J수녀. 그런데 나는 정말 왜 그랬을까. J수녀 덕에 병원에
그렇게 오래 있을 수 있었고 매일 최고로 요리한 특별식을 먹
을 수 있었는데(그때 J수녀는 그 병원 주방의 총책임을 맡고 있었다.),
아이도 잘 보낼 수 있었는데, 지금도 눈에 선한 그 예쁜 드레
스의 커다란 하얀 리본의 수의 ……

　어둠이 슬몃슬몃 걸어온다. 나는 램프 하나를 나의 탁자에
앉힌다.

　나는 램프로부터 깊은, 말 하나를 듣는다.

　'반갑다, 어둠이여. 당신이 있으니 내가 밝은 것을 ……'

비
단
스
카
프

스카프를 잃어버렸다. 며칠을 눈에 밟혔다. 아주 비싸고 예쁜 주홍색의 비단스카프!

그러나 아마도 ……

그것은 지금 누구인가의 목을 따뜻하게 덥혀 주고 있을 것이다.

신
발

사람은 일생 동안 몇 켤레의 신발을 신는 것일까.

돌아가신 최민식 사진작가의 사진집 "인간―제5집"에는 재미있는 사진이 나온다. 어떤 신발가게의 사진이다. 운동화와 부츠들이 대롱대롱 매달려 있고, 고무신이며 슬립퍼, 털넣은 겨울철 덧신들, 장화들, 욕실화, 남자구두, 여자구두, 여자샌들, 등 온갖 신발들이 쌓여 있는 사진이다. 신발 하나 하나들이 영롱한, 이슬 방울이 매달린 열매들처럼 또렷이 드러난 사진 ― 그런데 그의, 이 사진은 운동화끈으로 묶어 매단 운동화들과 쌓여 있는 신발더미 사이에 있는 공간을 짙은 검은 배경으로 처리한 때문인지, 아니면 신발들이 그 때문에 또렷하게 보여서, 신발들의 울음이 이슬방울처럼 매달려 있어서 그런지 무척 슬프다.

윤흥길의 소설, '아홉 켤레의 구두로 남은 사내'도 신발, 하니 새삼 떠오른다. 신흥 소도시의 셋방살이 하는 권 씨의 행방불명을 다룬 작품이다. 구두를 늘 반짝반짝하게 닦는 버릇을 지닌 권 씨는 집을 장만하려고 철거민 입주권을 구해 그 소도시의 철거민 대단지에 땅을 분양받았으나 집을 짓기는커녕, '광주대단지 사건'의 주동자로 몰려 감옥살이를 한다. 그리고 그 와중에 아내가 병이 나고, 수술비를 구하려 애쓰다가 못구한 채 분노에 빠진 그는 칼을 들고 화자인 '나'에게 나타났다가 사라져 버린다. 반짝반짝하게 닦은 아홉 켤레의 구두만 남기고.

하긴 윤흥길 소설의 주인공 권 씨의 구두를 생각하다 보니 독재자라든가 그런 굉장한 부富를 소유했던 사람들의 마지막은 늘 구두 이야기로 장식되곤 했다는 것을 발견한다.

필리핀의 독재자부인이며, 자신도 독재자의 권력을 내둘렀던 '이멜다'도 도망친 다음에 그녀가 살던 집을 수색한 결과나타난 것이 명품 구두 수백 켤레였고, 엊그제 우리나라의 큰사건의 중심에 있는 한 여자에 대한 화제도 그녀가 살던 한,

값비싼 동네의 값비싼 빌딩을 수색하자 수백 켤레의 명품신발과 가방들이 쏟아져 나왔었다는 것이었다.

옛 이집트에서는 왕이 신는 샌들엔 가죽, 목피, 금과 구슬로 화려하게 장식했었다고 한다. 샌들 장식에는 걸을 때마다 적들이 짓이겨 뭉개지라는 의미에서 적의 그림이 그려지기도 했다, 고 한다.

아무튼 이들 신발의 역사에서 중요한 것은 그것의 소재라든가 장식은 계층을 따라 그 신분의 고귀함과 재산의 많고 적음을 규정한다는 것이었다. 이를 달리 말하면 아마도 신발은 그 존재의 존재증명과도 같았다는 것이리라. 그러니까, '광주 대단지 사건'을 암시하는 윤흥길의 소설의 주인공 권 씨가 사라진 뒤 아홉 켤레의 구두만이 툇마루 밑에 남았다는 사실은, 그의 존재의 두꺼움은 열 켤레도 못 되는 아홉 켤레의 반짝이는, 그의 구두에 전부 담겨졌다는 슬픈 사실이리라.

우리의 고분군에서도 왕의 발을 보호하는 온갖 무늬가 수놓아진 청동 신발은 고귀함의 상징으로 나타나 그 인물의 존재 ─ 특히 그 위상을 밝혀준다. 죽어서도 그 무덤의 주인은 그 청동신발에 의해서 고명한 고고학자들에 의해서 당당히 이름을 달게 된다.

돌아가신 어머니에게서 귀에 못이 박히도록 들은 홍원이란 이름의, 어머니의 고향인, 지금은 이북인, '고향 탈출기'에서는 늘 모개신이란 것이 등장하곤 했다. 어머니는 임진강을 건너 동두천으로 오자 모개신을 벗어 가슴에 품고 맨발로 걸어 경성으로 들어오셨다고 했다. 그 이유는 모개신 닳는 것이 아까우셨다는 것이다. 그때 동대문 쯤에서 나를 업고 맨발로 가는 어머니를 부른 사람이 어떤 신발가게 주인이었다고 하셨다. "글쎄, 누가 나를 부르는 소리가 들려서 뒤돌아보니 어떤 신발가게 주인이 '고무신'을 들고 흔들며 '새댁, 새댁, 고무신 하나 사요!' 하고 있었다는 것이다. 이야기가 이 대목에 이르면 나와 동생들은 쿡쿡 숨을 참고 속웃음을 웃곤 했다. 그러니까 그때도 그랬지만, 지금도 의문이 들곤 한다. 모개신이 짚신이라면서 뭐 그리 아까웠을까, 곧 아버지를 만날 텐데 …… 그러면 새 신을 하나 사신으면 되지. …… 그러나 좀 더 생각하면 모개신은 바로 우리의 근대사 같은 것이 아닐까, 하는 생각이 들기도 한다. 열악하기 짝이 없던 식민지 시대인 근대 속에서 몸부림치며 살아내려 하던 사람들의 존재증명 같은 것 …… 글쎄, 요즘에 어울리지 않게 너무 '심각'한가?

아무튼 우리 세대는 너무 '심각하게' 살아온 것 같다. 역사를 운위하면서 4월 19일만 되면 눈시울을 붉히고, 한일협정 반대 데모를 하며 대학 4년 중 3년을 조기방학하고, 고문과 실종이 판치던 유신시절을 항거하며 살아내고, 온갖 고문을 받은 사람들의 이야기에 치를 떨고, 시인 김준태의 '십자가여, 광주의 십자가여'를 복사물로 돌려보느라 밤을 새고 …… 지금 보면 모든 것이 부질없다, 는 생각이 든다. 하긴 '신발'에 대한 이야길 하면서도 이런 식이다. 근대사를 운운하고, 나아가 '존재에 대한 중얼거림'으로까지 신발이야기가 비약하는 걸 보면.

유년의 집

추석날 밤이면 대청마루엔 커다란 '다라이'가 놓이고 식구들은 모두 그것을 둥글게 둘러싸고 앉았다. 연신 부엌을 드나들고 계신 어머니, 어린 동생들. 하얀 모시 한복을 입은 아버지.

우리는 모두 송편을 빚기 시작했다. 내가 빚는 송편은 왜 그리 못생겼던지. 마당 위 하늘에는 달이 어느새 휘영청 밝고 있었다. 깨소금을 고명으로 넣은 송편은 아주아주 눈여겨 봐 두었다. 나중에 그것만 골라먹을 심산으로. 물론 한 번도 성공한 일은 없지만. 내가 만든 못생긴 송편은 나의 염원을 담고 솔잎을 깐 솥으로 들어갔다.

그리고 모두 기다린다.

한밤중, 달이 하늘의 중심으로 올 때 쯤이면 대청마루엔 돗자리가 깔리고 차례상이 차려졌다. 우리는 모두 한복을 갈아입고 두루마기를 입으신 아버지 옆에 나란히 섰다.

뫼에 숟가락이 꽂히고 대접엔 밥 한숟가락이 떠진다. 우리는 모두 절한다. 아버지가 무릎꿇고 앉아 술을 따른다. …… 지방을 바꾼다. ……

드디어 수십 번의 절이 다 끝나고 차례가 끝났다.

마당엔 자개소반이 놓이고 아버지는 거기 무릎꿇고 앉으셔서 지방을 한 장씩 태우셨다.

어머, 차례상에 젓가락을 놓지 않았군요. ─ 어머니가 소리를 치신다.

(글쎄, 올해는 무엇이 틀리는가 했더니 …… 나는 속으로 중얼거린다.)

어, … 괜찮다. 괜찮아, 조상님도 이해하시겠지. …… 아버지의 높은 바리톤의 목소리가 들려왔다.

아버지는 잠시 마루를 돌아보다 다시 지방을 태우기 시작하신다. 하얀 한지가 공중으로 날아간다. 아버지는 두 손을 오무려 한지 끝까지 태우시며 입술을 뾰족하게 하신다. 달빛 밑에서 흰 연기는 밤하늘 끝으로 정말 혼령처럼 날아간다. 달의 뜰을 향하여, 멈칫멈칫.

혼령이 정말 왔다가 가시는 길일까. 그럼, 아버지는 입을 꾸욱 다무신다. 과꽃 위로 연기는 구불구불 날아간다. 파초도 그 큰키를 자랑하며 연기를 망연히 바라보며 서 있다. 중키의 모란도, 작약도. …… 키작은 백일홍도 발뒤꿈치를 잔뜩 들고.

그 다음 언젠가부터 그런 제사가 사라졌는지 모르겠다. 갈색 약물이 잔뜩 젖은 약탕관이 그 자개소반자리를 대신했다. 대청마루의 커단 철제 책상은 점점 비어가더니 먼지가 쌓이기 시작했고 ……

한지, 하니까 한지의 창호지 속이 늘 궁금하던 아랫방이 생각난다.

거기엔 '색씨'가 기거하고 있었다. '색씨'는 전라도 여인이었으므로 '전라도 새댁'이라는 뜻으로 어머니가 부르던 그 여자의 이름이었는데, 줄여서 그냥 '색씨'라고만 우리는 부르곤 했다. 고구마 튀김을 아주 잘 했었다.

'인천언니'도 생각난다. 원피스도 만들 정도로 손재주가 있던 '인천언니'. 어떤 대학교에서 학생회장을 한다고 아버지가 데려오신, 똑똑도 하던 언니, 그 '인천언니'가 시집가던 날 나는 결혼선물로 축시를 썼었지. 누군가에게 읽힌 나의 첫시였다. 그 시를 쓰느라고 밤을 새던 생각을 하면 ⋯⋯.

아버지가 돌아가신 날, 연기는 커다란 새 발자국을 남기며 날아갔다고 사람들은 말했고, 나는 가위에 눌렸엇다.

어느날 내가 꽤 늙어 거기로 갔더니 옛집은 이미 없고 '수미정'이라는 음식점 간판이 달려 있었다. 나는 다음에 그곳에 오면 점심을 먹으리라 생각했다.

또 몇 년이 흘러 아마도 더 늙은 내가 그리로 갔다. 아무리 찾아도 '수미정'은 없었다. 방앗간 맞은편엔 멋진 빌라 한 채가 서 있었다.

존재의 샘

　도시의 봄, 하오의 거리를 느릿느릿 걷는 맛도 특별하다. 일체의 약속으로부터 자유로워진 그런 시간, 딱히 갈 곳이 없는 사람이 되어, 양말을 가득 걸어놓은 리어카들도 들여다보고, 어떤 여배우의 고혹적인 눈매가 야릇하게 세상을 바라보고 있는 포스타도 들여다보며, 수많은 약병들이 선반을 가득 메우고 늘어서 있는 약방도 지나서 놀랍도록 짧은 치마의 아가씨와 주렁주렁 이어폰 줄을 걸고 있는 총각들, 안경이 가득 진열되어 있는 안경가게, 온갖 빵들이 둥글게 거리를 물고 있는 빵집, 온갖 색깔로 유혹하는 구둣가게, 옷가게 ……. 대리점들, '폰이 공짜, 공짜, 온통 공짜'라고 쓴 스마트폰 대리점들, 그 가게들에서 울려나오는 노래소리들, 외로움으로 비비 몸을 트는 노래소리들, 그 노래소리들은 '당신은 대리점이예요, 당신의 존재의 대리점이예요, 당신의 유전자의 대리점이얘요, 당신의 옷이 당신의 대리인이 되고 있듯이, 당신의 명품가방이 당신의 대리인이 되고 있듯이.'라고 소리친다. 그러다 우아한 대리석의 계단과 만난다. 그 끝에는 마치 하늘거리는 드레스를 입은 공주님이라도 서 있을 듯 하다. 어떤 성의 정원에서 솟구치고 있던 분수도 있다. 백화점이다. 백화점 속에서 사람들은 모두 느릿느릿 걷는다. 거기에는 창문이 하나도 없으며 그 흔한 벽시계 하나도 없다. 아득히 넓은 홀, 사람들은 갑자기 이름들이 없어진다. 그 속에서는 모든 것이 평등해진다. 라벨에 붙은 값만이 실체이다.

그때 느릿느릿 판매대를 들여다보며 걷고 있던 나에게 알지 못할 '근질거림'이 온다. 이곳이 지하이므로, 벽이므로, 시계가 없는 웅덩이이므로 날고 싶은, 날아 달아나고 싶은. 아마 '날개'라는 소설을 쓴 식민지 시대의 작가 이상도 그때 처음 생긴 '화신 백화점'을 거닐며 이랬던 게 아니었을까. 그래서 그 시절 식민주의의 첨병으로 왔을 '화신 백화점' 건물 옥상에 서서 '날개야 돋아라.'라고 외친 게 아니었을까.

다시 확인한다. 꿈은 현실에서 가망이 없기에 꿈이다. 손에 잡히지 않기에 그것은 한없이 아름답다. 아무리 거듭 외쳐도 옳은 그것. 아마 이 오후도 내 손에 잡히지 않으므로 오늘 아름다우리라. 날지 못하기에, 이상의 '백화점 옥상에서의 비상'이 눈물나게 아름답듯이. '네가 서 있는 그곳을 파헤쳐라! 그 아래에 샘이 있다![니체]' ― 아, 존재의 샘, 잡히지 않는 그곳을 찾아서 느릿느릿 도시를 걷는 오후,

칼
치

오랜 만에 구운 칼치의 잔뼈를 발랐다. 혹시라도 잔뼈 가시를 놓쳐 낭패를 당하는 일이 없도록 돋보기를 꺼내 썼다. 언젠가 생선 가시에 혼난 일이 있어 조심을 하려다 보니 돋보기까지 꺼내게 된 것이었다.

그런데 돋보기를 꺼내 쓰고 보니 조그맣다고 생각했던 칼치토막이 순간 훌쩍 커보이면서 구석구석에 감추어져 있던 가시들이며, 못보던 잔뼈 뒤의 흰 살이며, 광채같은 것이 눈에 들어오기 시작했다. 광채라니? 누구신가 무척 의아해하시는 분이 계실 것 같다. 하얀 은백색의 우유빛 도는 광채, 나는 순간 그 은백색의 몸이 바다 밑 산호림 위로 마치 발레하

듯 휘어져 지느러미를 펄럭이고 있는 것을 보았다. 칼치의 빛깔이 이렇게 아름다우리라곤 미처 생각못했던 그런 아름다움! 그러고 보니, 칼치 피부에 들어있는 은백색의 색소는 인조진주의 광택 원료로서 많이 이용된다고 하지 않는가. 칼치의 가늘게 휘어지는 허리는 실은 진주였던 것이다.

그 때 춤추는 칼치의 뒤로 어떤 그림자인가가 눈을 뜨고 나를 그윽히 쳐다보기 시작했다. 어떤 양복 그림자였다. 지금은 고인이 된, 집안 아저씨 한 분이 그 그림자의 주인이었다. 막내동생의 결혼식에서 그는 아버지 대신 신부의 손을 잡고 걸어가고 있었다. 그런데 어찌 된 일일까, 그 아저씨의 여러 못마땅하던 모습들(약간의 사기성까지)은 어디로 사라져 버리고, 결혼식 기념 사진 속에서 유영하는 듯 걸어가고 있던 그 아저씨의 '근사한, 은백색의 우유빛 광채'만 떠오르는 것이었다. 생각도 못햇던 그 아저씨의 아름다움. 그리고 그뒤로 돌아가신 어머니의 손 그림자도 진주빛으로 빛나며 따르고 계셨다. 명절 때면 밤새도록 생선전을 부치시던 어머니의 투박한 손. (그 투박함만은 내 손이 결코 닮지 않기를 바랬었지), 그런데 그렇게 빛나는 손이었다니 ……

그렇다. 이 세상엔 생각못했던 아름다움들이 너무 많다.

생각못했던 다정함, 생각못했던 미덕들 …… 젊을 땐 비판의 미덕만 중요시여겼던 것 같다. 지금 돌아보면 비판을 위한 비판을 지성으로 여긴듯도 하다. 나는 나도 모르게 중얼거렸다. 아아, 이 칼치가 나보다 훨씬 낫지 않은가, 라고. 이 세상에 아름다운 진주의 광채를, 리듬체조의 리본처럼 둥그렇게 휘어진 허리에 파도를, 바다를 덧입힐 줄 아는 이 칼치 한 마리가.

푸른 막대기

'행복'이란 무엇일까. 그건 도대체 어디서 오는 것일까. 그건 커단 집을 짓는 일일까. 커단 책을 쓰는 일일까. 아름다운 예술을 남기는 일일까. 아니면 세월이 지나도록 한 자리에 한 자세로 서 있다가 끌려내려 오기도 하는 동상이 되는 일일까. 그건 커다랗게 이름을 바위에 새기는 일일까. 도대체 무엇일까. 그런데 왜 나는 아직도 그런 우스우며 초보적인 질문을 던지는 것일까. 무수한 사람이 무수한 이야기를 해 놓은 그것에 대해서 말이다.

오늘도 행복의 의미에 고민하면서 집 뒤 범어사에 올라간

다. 그 바위와 또 만난다. '어떤 이름'이 커다랗게 새겨진 바위
이다. 곳곳의 잘 생긴 바위에는 어김없이 '어떤 이름'들이 새겨
져 있다. 대웅전 옆 청룡암에는 문장가로 유명했다는 동래부
사의 시구도 새겨있다. 그 시구가 비바람에 씻겨 거의 형체를
알아볼 수 없이 된 것을 눈을 비벼 들여다 보면서 시라는 것
을 생각하다가, '돌에 새긴다고 남으랴', 하면서 길을 내려온
다. 윤동주의 시를 새긴 시비詩碑가 매연에 시커멓게 되어 나
동그라져 있던 어떤 길거리를 잠시 떠올리기도 한다.

　대웅전 뜰에서 내려오다가 대나무 숲을 만났다. 잠시 바람
을 맞으며 거기 난간에 기대서서 대나무들을 바라본다. 참 곧
게도 섰구나, 하면서 대나무의 몸매에 감탄하는데 자세히 보
려니 거기 대나무에도 가득 이름들이 새겨져 있다. 저 높은
데 어떻게 글자를 새겼을까 싶을 정도의 키 큰 대나무 꼭대
기에도 이름이 새겨져 있다. 개중에는 하트를 그려놓고 그 양
쪽에 두 사람의 이름을 새긴 경우도 있다. 아마 연인들인 모
양이다. 아니면 짝사랑하는 연인의 간절한 마음이든지. ……
그러나 그렇게 움켜쥐어보려 한다고 사랑이 쥐어지는 것인가.
시간이라는 것, 생명이라는 것, 예술이라는 것, …… 인연이

라는 것도 그렇게 움켜쥔다고 이루어지는 것인가, 또 건방지
게 중얼거린다.

어쩌다 지난 초여름 톨스토이의 묘에 갔었다. 톨스토이의
묘 ― 그 거대한 이름에 비하면 놀랄 정도로 너무 작은 묘, ―
하긴 톨스토이는 키가 아주 작았다지 ― 풀만이 가득했다. 비
석도 없었다. 우리의 기준으로 보면 명당자리도 아니었다. 계
곡 옆에 위태하게 앉아 있었으니까.

하긴 그 묘가 거기 있는 데에는 '특별한 이유'가 있다고,
설명을 맡은 톨스토이 학회의 유일한 한국인 학자인 백발의
노교수는 말했다. 어렸을 때 톨스토이는 한 삼촌을 아주 잘
따랐었는데, 그 삼촌은 '푸른 막대기' 이야기를 어린 톨스토
이에게 자주 해주었으며, 행복의 막대기인 그 '푸른 막대기'
는 아마 지금도 저 계곡 어딘가에 있을 것이다.라고 하면서
이야기를 끝내곤 했다는 것이었다. 그 계곡이 바로 톨스토이
가 묻힌 풀무덤 뒤의 계곡이었다. 아내의 반대를 무릅쓰고
자신의 넓은 토지를 농노들에게 나누어 주었을 뿐 아니라,
소설 '안나 카레니나'의 인세도 받지 않았다는 박애주의자,
톨스토이. 그는 그 '푸른 막대기'를 그 계곡에서 발견했을까,

하고 생각타가 실소한다. 그리고 톨스토이의 그 풀무덤을 생각하면서 모스크바, 상트페테르부르크를 떠올린다. 모스크바의 아름다운 궁전의 황금의 돔들, 상트 페테르부르크의 그 칼라풀한 별장 - 궁전들, 생각해보면 그 아름다운 것들은 다 누구인가가 움켜쥐었던, 말하자면 '움켜쥠'의 본보기들이었을 뿐이다. 그런데 그 '움켜쥠'은 이름 석자를 돌이나 나무에 새기는 정도가 아니라 황금덩어리에 인간의 피를 새긴 것들이었다. 그 궁전을 짓기 위한 역사에 동원된 농노들이 수은 중독으로 무수히 죽었다니까. 그 피의 황금 돔 아래서 혹은 루비 기둥 앞에서 행복한 춤을 추었을 사람들, 결국 많이 '움켜쥐었던' 교양있는 사람들 …… 하긴 이렇게 이야기를 끌고 가다 보니까 어줍잖지만 일생을 걸어오며 쓴 내 시도 '웃으운 움켜쥠' 또는 '집착'이라는 생각이 들기도 한다. 또 그 도시들에는 너무 크게 만든 탓에 한 번도 쏘아보지 못했다는 대포도, 너무 크고 무거워 한 번도 울리지 않았다는 종도 있다. 그 종에 하느님이 계시다고 믿으며 집착했었다니 …….

해변에 서 있는 거대한 석상으로 유명한 이스터 섬도 떠오른다. 어떤 환경학자의 의견에 의하면 600개나 되는 석상들의 그 거대한 돌을 옮기기 위하여 뗏목 등을 만드는 바람에 숲이 황폐하여지고, 나중엔 카누를 만들 나무도 없어져 다른 섬으로의 이동은 물론 바다에 나가 먹을 것을 구할 수도 없게 되었으므로 나중엔 서로 잡아먹었다는 것이다. 그래서 그 섬에서 가장 지독한 욕은 "네 어머니의 살이 아직 내 이빨에 끼어 있다"는 말이라고 했다. 아무튼 그 석상들은 '집착이 이르는 곳이 어딘가' 하는 것의 가장 확실한 증거인지도 모른다. 물론 이스터 섬 사람들이 의도한 것은 아니었겠지만.

그런 의미에서 장자의 비유를 읽으면 장자는 정말 집착이 없는, 자유로운 사람이었다는 생각이 든다. '텅빈 방이 환하지 않느냐'고 했으니 …… '거기 행복이 깃든다'고 했으니.(장자. 인간세:虛室生白 吉祥止止) 그런데 우리는 이름 따위를 돌에, 대나무에 새겨 어지럽게 하려고 하다니, 영원히 움켜쥐려는 집착을 보이다니, 이 시대의 '지성'이라는 이들은 덧없이 사라지는 종이에 새기려 들며 집착하다니 …… 하긴 현대의 어떤 철학자는 '욕망이야말로 생산하는 힘'이라고 했으니(들뢰즈), 그 논리로 말하자면 욕망이라는 말과 깊은 연관을 가질 수밖에 없는 집착이야말로 삶의 근원적인 힘이 되는 것인가? 그렇다면 모든 선진의 문명들은 집착의 힘이 이룬 것인가? 그렇다면 장자의 논리, 노자의 '執者失之'집착하면 모든 것을 잃으리라의 논리는 '말도 안되는 어거지 말씀'이신가? 행복과 욕망은 반댓말인가?

3
—

폐 철길을 걸으며

가을길 위에서

가을길은 도착이다. 아니다. 출발이다. 아니다. 도착이며
출발이다.

가을길은 도착하는 사람들로 가득하다. 출발하는 사람들
이 가득 모여서 수런거린다.

그대가 언제나 출발하듯이, 그리하여 어느날 가난한 내게
로 내게로 도착하듯이.

가을길은 수직이다. 수직인 가을길은 멀다. 멀어서 가깝다.

가을길 위에서 고독은 따뜻한 모포처럼 깊어진다. 무심히 걸어오는 찬란한 동굴, 부드러운 암흑, 아름다운 세상정원의 흙 밑에 음험하게 숨어 있는 그것들. 그대의 고독이 길을 메우고 넘쳐 흘러 세상의 강을 향하여 달려감을 여기선 만져볼 수 있다.

가을길은 잊을 수 없는 저녁 종소리이다. 모든 머리칼에서 울려나와 모든 머리칼 속으로 달려가며 영롱한 소리를 내는, 가을길 위에는 운명의 소리가 들려온다. 우연이 필연이 되는 소리가 들려온다. 그건 버려진 종의 추억 때문이다. 버려진 종은 마당 한 켠에서 저도 모르게 녹이 슬어가고 있었다. 그때 누구인가가 다가오더니 종을 쾅하고 쳤다. 아, 그이 - 이던 추억!

거기에는 자주색 소반을 놓고 사주를 보는, 아주 늙고 초라한 한 노인이 있다. 햇살이 눈부신 선을 그으며 지나가는 낡은 소반. 그 자주빛 이마 위에는 얇은 사주책이 놓여 있고 그 노인은 책갈피 사이, 운명이 가는 것을 골똘히 들여다 보고 있다. 그 위로 팔랑하고 잎 하나가 떨어진다.

가을길 위에서 넘치는 빛과 빛 속의 어둠을 만나보라. 가을길 위에는 넘치는 것들이 가득하다. 가을길 위에서 태양을 보려면 그대의 눈을 캄캄히 닫아버리는 것이 좋다. 태양은 가을길 위 마음 속에서 더 잘 보이는 법이니.

불운 뒤에 오는 행운은 얼마나 달콤한가. 가을길 위에 봄길은 이미 달려와 있으니 그 달콤함을 어서 만날 일이다.

가을 길 위에는 실연들이 있다. 실연할 때마다 더 붉어지는 진한 사랑의 포도주가 있다.
사랑이란 그렇게 슬퍼서 기쁜 것임을. 세상엔 그렇게 슬픔 사랑들이 많았음을.

그렇다. 가을길 위에서는 실연失戀의 슬픔에도 기쁨으로 감사한다. 감사하지 않을 수 없다.

일생을 괴롭히는 그 병에도 감사하지 않을 수 없어진다. 30년 이상을 신경안정제며 혈압강하제를 먹고 있어도, 실은 그 탓에 조심조심 오래오래 아직도 살고 있음 – 감사하지 않을 수 없어진다.

가을길 위에서 보이는 것들, 석양이 없는 곳에서 석양을 바라보게 하는 것들, 무지개가 없는 곳에서 무지개를 보게 하는 것들, 없기 때문에 찾게 하는 마음들, 거기에 있다.

그러므로 가을길은 결론이며 그대의 참고문헌이다.
거기엔 그대가 참고해야 할 것들이 가득하다. 그리고 결론을 낸다. 결론이 우리에게 푸른 구름을 가르며 달려온다.

가을길 위에서 눈밝은 사람은 본다. 그대의 불멸성을. 멸滅함이 끝없으니, 그대는 불멸함을.

가을길 위에서 괴로워 몸부림치며 추락하는 나뭇잎들을 보라. 가을길은 상승을 준비한다.

모든 추락이 상승을 준비하는 것을 보라.

가족, 그 따뜻한 마당의 심층수

'가족'이라는 어휘 속에는 추억의 이미지들이 살고 있다. 그런 뜻에서 가족은 추억이며 이미지이다. 추억이라는 이미지가 살고 있는 따뜻한 마당의 심층수. 추억이라는 이미지의 그 심층수는 한 사람의 삶의 구석구석을 점령한다. 그 사람의 삶은 가족이라는 공간의, 추억의 이미지로 이 세상의 험한 강물들을 넘어가는 것이다. 그러다가 흰 머리칼을 날리며 인생의 한 고비에 선 어느 날 문득 '나의 인생은 돌아가신 어머니를 넘어설 수 없으며, 돌아가신 아버지는 물론 넘어설 수 없음을, 돌아가신 삼촌도, 이모도, 숙모도, 증조부도 …… 넘어설 수 없음'을 깨닫는다. 그러나 그 때문에 '나'는 결국 불멸이며 영원함을 퍼뜩 깨닫기도 한다. 삶의 모든 것들은 유한하지만 가족이라는, 한 사람의 가슴에 깊이 숨은 마당을 지나 흘러가는 삶의 강물은 영원함을, 그리하여 우리는 끝없이 흘러감을, 다시 영원함을, 다시 불멸함을 알아채게 되는 것이다.

나도 그렇다. 내 가슴 속의 숱한 이미지들도 그때 유년의 마당에서 만들어졌다. 식민지 청년이던 바람에 나라찾기 운동에 늘 집을 떠나곤, 떠나곤 하던 아버지를 만나(아니 거의 붙잡아) 비로소 가정같은 가정을 이룬 어느날 고향인 이북으로 다시 가려하던 무렵에 휴전선이 막혀 고향으로 가지 못한 채 이남에서 아버지와 가호적假戶籍의, 일가붙이 하나 없는 외로운 삶을 이루게 된 것이다. 덕분에 나는 초등학교의 시험에 촌수를 묻는 문제가 나오면 몽땅 틀리는 아이가 되고 말았다. 그리고 늘 부러워했다. 삼촌이라든가 이모가 있는 아이들을. 그렇게 하여 뿌리깊은 것이 되어버린 나의 '고독', '소외'라는 부정적인 삶의 이파리는 내 속에서 익어가 나는 그 이파리가 모여 만드는 나뭇그늘에 나의 삶의 뿌리를 심게 되었던 것이다.

그러니까 어린 시절 이후로 '고독'은 나의 병이자 나의 가장 편안한 자궁같은 것이 되었다. '고독과 나'는 애증의 관계에 있었던 셈이다. 고독하지 않으려 하면서도 정작 고독하지 않으면 편안함을 느끼지 못하는 것이다.

프로이드는 일찍이 억압, 억제, 투사, 동일화, 반동형성 등의 '방어기제'라는 개념을 그의 정신분석에서 끄집어내었다. 프로이드는 아마도 어린 시절의 '가족이라는 마당'이 무의식이라는 '이드의 밭'임을 알아챘던 천재였으리라. 그는 마음밭이 우리의 삶의 밑바닥을 흐르는 강물임을, 거기 살고 있는 '초자아'가 문득문득 현재에 나타나는 것이 우리의 감출 수 없는 삶의 구석임을 알아챈, 천재적 마음연구자였으리라.

그렇다, 가족은 이미지이다. 우리의 고단한 삶들의 추억이 살고 있는 이미지이다.

그런데 그 이미지들이 오늘 곳곳에서 찢어지고 있다. 찢어진 이미지들이 오늘의 지붕들에 얹혀 깃발처럼 펄럭이고 있다. 그 찢어진 깃발들, 어떤 깃발들엔 '고독'이라고 쓰여 있고 어떤 깃발들엔 '소통불능'이라고 쓰여 있으며 어떤 깃발들엔 '소외'또는 '우울' 또는 '적개심' 또는 '원한-좌절감' 또는 '집착-존재의 부재감'이라고 쓰여 있다. 온갖 부정적인 것들의 이름이 그 찢어진 깃발들에 씌어진 채 펄럭이며 지붕들을 감싸고 있는 것이다.

곳곳에서 그 찢어진 깃발들을 본다. 물론 사랑의 꽃이 어깨동무한 채 다정하게 피어있는 마당들도 많지만 그 곁에 버려진 공터처럼 붙어있는 지저분한 뒷마당들이 더욱 가슴을 잡아당긴다. 그 깃발들에 어떤 바람이 불어가도록 하여야 할까? 어떤 바람이 불어가야 그 어둔 이파리들이 환한 빛이 스며드는 다정한 은빛 그늘들을 이룰 수 있을까? 오늘의 젊은 가족들의 마당들을 바라보며 생각한다. 삶이라는 강물로 흘러들어갈 그 심층수의 이미지들을.

첨
가
는
길

거기 길이 있는지 몰랐었다. 소나무의 군락이 너무 멋져서 도저히 그냥 지나갈 수가 없었다. 난 첨보는 길로 들어섰다. 그러다 생각지 않을 수 없었다.

십년 넘어 그 곁의 길을 왔다갔다 하면서도 그 길을 못 보았다니..... 소나무들이 저렇게 큰 것을 보면 그 전에도 분명 저기 저 소나무들이 있었을 텐데 어찌 한 번도 못보고 그냥 지나칠 수 있었을까. 그때 누군가 아스라한 소나무 꼭대기에서 말했다.

'세상에는 매일 보면서도 알아채지 못하고 그냥 지나치는 아름다움이, 그 모양은 물론 색깔에 이르기까지, 얼마나 많은지!'

그 말은 나의 귓 속으로 살살거리며 들어와 한참을 맴돌았다. 그 목소리는 또 말했다.

'우리는 세상의 아름다움을 그저 스쳐지나갈 뿐이며, 흘낏 그 일부만을 바라볼 뿐이다. 그러나 올바른 시각으로 바라보면, 우리는 무색의 얼음 속에서도 반짝이는 무지개의 빛깔에 황홀할 수 있으리라.'

H.D. 소로우의 목소리였다. 월든 숲에 한 칸짜리 통나무 집을 짓고 살았던, 세상 사람의 눈으로 보면 '이상하기' 짝이 없었던 그런 사람. '가능한 한 매일 일출과 일몰을 바라보라. 그것을 당신 삶의 묘약으로 삼으라.'라고 도시의 사람들에게 일갈했던, 그런 의식과 패기가 있었던 사람. 나는 첨 보는 그 소나무들을 향하여 주억거리며 중얼거렸다.

'그래요. 나는 여태껏 저기 있는 소나무를 보지 못했었어요. 그 속의 무지개를 눈치채지도 못했었어요.'라고. 소로우는 또다시 말했다.

'그러면 내친 김에 한 가지 물어봅시다. 가지 않은 길'을 가는 것이 괜찮은 걸까요?, 아니면 이미 갔던 길이나 열심히 가는 게 괜찮은 걸까요?'라고.

나는 첨엔 '참, 쓸데도 없는 질문이네', 하다가 어느 순간 두 개의 길을 놓고 끙끙거리는 나를 발견한다.

그러다 얼른 고민을 접는다. 이 젊지도 않은 나이에 '가지 않은 길을 가려고' 애쓰다가는 낭패를 보기 십상이지, 세상에는 그런 이야기가 얼마나 많은가. 그러나 그렇다고 패기도 없이 항상 가본 길만 갈 것인가. 그래서 눈에 익숙한, 귀에도 익숙한 그 모양, 그 소리만을 들을 것인가. 인생이 도전이라고 늘 말하면서 말이다. 또, 젊은이들에게는 어떻게 말할 것인가. 늘 가본 길만, 많은 이들이 가는 길로만, 쉬운 길로만 가라고?

단풍든 숲 속에 두 갈래 길이 나 있더군요,
몸이 하나니 두 길을 다 가볼 수는 없어
나는 서운한 마음으로 한참 서서
잣나무 숲 속으로 접어든 한 쪽길을
끝간데까지 바라보았습니다

그러다가 하나의 길을 택했습니다
……

아, 또 하나의 길은 다른 날 걸어보리라! 생각했지요.

오랜 세월이 흐른 다음
나는 한숨지으며 이야기 하겠지요
<두 갈래 길이 숲 속으로 나 있었다, 그래서 나는 ……
사람이 덜 밟은 길을 택했고,
그것이 내 운명을 바꾸어 놓았다>라고

[프로스트의 시]

난 좋은 대답을 하나 생각하곤 으쓱한다. '그래, 젊은이에게는 아무도 안 간 길을 가라 하고, 젊지 않은 이에게는 많은 사람들이 간 길을 가라고 하면 간단한 것을. 그러다 또 '어이없는' 듯한 질문을 스스로에게 한다. 어떤 늙은이가 자신이 젊다고 생각한다면? 어떤 젊은이가 자신이 이미 늙었다고 생각한다면?

아무 대답도 들려오지 않는다. 아무래도 오늘 아침은 대답 없는 아침인가 보다. 다만 이런 말이 어디서인가 들려온다. 모든 길은 첨가는 길이라고. 그 첨가는 모든 길을 걸어보라고, 세상의 모든 사랑이 첫사랑이듯이.

그리고 당신의 편지를 읽는다

오랜만에 호젓한 길을 걷는다. 아마 언젠가 누군가 이 길을 걸었겠지, 라고 생각하니 갑자기 마음이 울컥해진다.

어느 새 산은 여린 분홍색으로 부풀어있다. 마치 산이 둥실둥실 떠오르는 듯하다. 여린 분홍색 둥근 치마를 펴고 하늘 아래 조신히 앉아 있는 것도 같다. 열리려는 저고리를 부끄럽게 여미며, 두둥실 앉아 있는 그것.

해 질 무렵의 그림자는 또 어찌 그리 아름다운지, 낙엽이 마치 꽃같다. 황혼의 빛이 놓인 그 부분만 바알갛다. 황혼의 빛이 밟고 있기 때문일까. 개울은 또 어찌 그리 부끄러운 듯 앉아 있는지, 아직 남은 눈들이 하얗게 얼굴을 가리고 있는

데도 마치 웃고 있는 것 같다. 바위들이 반쯤 녹은 눈에 싸여 미소를 던지고 있다.

어느새 길은 모랫길로 접어들고 있었다. 발이 푹푹 빠진다. 운동화를 벗어 모래를 턴다. 모래들이 고꾸라지듯 떨어진다. 모래들은 떨어지면서도 나를 향해 소리친다. '신발 몇 켤레 갈아 신으니, 인생이 다 갔지요?' '그래그래' 나는 고개를 주억거린다.

나는 갑자기 편지를 쓰고 싶어진다. 아니 편지를 읽고 싶어진다. 죽은 이들이 쓴, 그러나 살아있는 편지들 …… 은 꽃잎처럼 모래 떨어지는, 소소한 삶들이 들어있는 편지들, 엽서들.

남덕씨, 세상에서 가장 아름답고 자랑스럽고 고귀하며, 더할 나위없이 상냥스러운 나만의 사랑, 건강히 잘 지내나요. 당신 생각으로 가슴은 늘 터질 것만 같다오. 수속이 잘 되지 않는다고 너무 초조해하지 말아요. 소품전이 끝나는 대로 구상형의 힘을 빌려 갈 수 있을 테니까. 그대 아름다운 마음, 행여 어지러워지지 않을까 걱정스럽소. 난 하루하루 작업하며 당신을 행복하게 해 줄 수 있을지 ……. 아고리는 세상에서 가장 훌륭하고 아름다운 아내와 오로지 사랑으로 한 몸이 되어 아주 멋진 작품을 진실로 새로운 표현을, 대작을 끝도 없이 만들어내고 싶소. 가장 소중하고 사랑스러운 아내와 모든 것을 바쳐 하나가 되지 못하는 사람은 결코 좋은 작품을 만들어낼 수는 없어요.…… 나는 스스로를 올바른 시선으로 바라보고 있어요. 예술은 끝없는 사랑의 표현이라오. 진정한 사랑으로 가득찰 때 비로소 마음은 순수와 청정에 이를 수 있는 것이지요.

마음의 거울이 맑아질 때 비로소 우주의 모든 것이 올바르게 마음에 비치는 것입니다. 남이야 무엇을 사랑해도 좋은 것입니다. 열심히 끝없이 뭔가를 사랑하면 되는 것입니다. 하늘은 나에게 끝도 없이 아름다운 남덕을 주었습니다.

[1950년대 어느 날, 어느 날, 화가 이중섭이 아내에게 보낸 편지]

사람들은 이따금 꼼짝 달싹 할 수 없는 상황에 직면하지. 끔찍한, 아주 끔찍한 새장과도 같은 무언가에 갇혀서.

하지만 해방이, 궁극적인 해방이 있음을 잘 안단다. 정당하든, 그렇지 않든, 더럽혀진 명성과 장애물, 주변상황, 불운, 이 모두가 사람들을 죄수로 만들지. 무엇이 우리를 유폐하고 산 채로

매장하는지 늘 이럴 수 있는 건 아니지만, 그래도 창살이나, 새장 벽의 존재를 느낄 수는 있단다.

[1800년대 어느 날, 고흐가 동생 테오에게 보낸 편지]

너도 알다시피 난 지금 일에 몰두하고 있지만 지금으로서 어떤 만족할 만한 결과도 얻어내지 못하고 있어. 이 가시나무들도 때가 되면 흰꽃을 피우리라 기대하면서 무익해보이는 이 싸움도 무언가를 탄생시키기 위한 노력이기를 바란단다. 애초의 고통이 나중에 기쁨으로 변하듯이.

[1800년대 어느날, 고흐가 동생 테오에게 보낸 편지]

친애하는 막스, 사실은 이걸 항상 의아해 했네, 자네가 나와 또 다른 사람들에 대해서 "불행 가운데 행복하다"라는 표현을 쓰는 데 대해서. 그것도 극심한 경우에 대한 단순한 진술이나, 유감이나, 또는 경고로서가 아니라 비난의 뜻으로서 말이네. 그것이 무엇을 의미하는지 자네는 알지 못한단 말인가? 물론 "불행 가운데 행복하다"면 그것은 무엇보다 그가 세상과의 공동보조를 잃었다는 뜻이지. 그리고 나아가서 매사가 그에게서 떨어져 나가 버렸거나 떨어져 나가는 중이며, 어떠한 소명도 온전한 채로 그에게 더는 도달할 수 없으며, 그래서 그는 어떠한 소명도 솔직하게 따를 수 없다는 것이지.

[1900년대 어느날, 카프카가 친구 막스 브로트에게 보낸 편지]

오틀라야, 이번엔 틀림없이 작은 선물을 가지고 가마. 떠나기 전날 밤에 네가 울어주었으니까.

[1900년대 어느 날, 카프카가 누이동생 오틀라에게 보낸 편지]

유형

'요즘 스피드와 빈곤에 대해서 생각하고 있어요. 스피드=욕 망=양量의 존중=출판사의 요구=낙오하지 않기 위한 현대수신修 身의 제과= 빈곤을 초래하는 특효약=유정씨가 일찌기 터득하고 계신 현대문명의 진단서'

[어느 날, 시인 김수영이 유정에게 보낸 편지]

그러다 편지같은 법정 스님의 일기를 다시 읽어본다.

어제 순천에 나가는 길에 급결 방수액과 흙손을 사와, 오늘 일꾼 두 사람과 다시 샘물을 퍼내고 바닥 틈을 시멘트로 막아 놓았다. 이제는 물이 철철 흘러 넘친다. 신통해서 몇 차례나 샘가 에 가서 맑은 물이 넘치는 것을 들여다 보았다. 이 뿌듯한 기쁨! …… 물 흐르는 수구水口통대를 잘라 끼워 놓으니 아주 운치가 있다. 그리고 샘틀의 네 기둥은 목수 노씨의 솜씨로 연꽃을 새겨

놓으니 볼 때마다 미소를 머금게 된다.

원컨대, 이 샘물을 떠마시는 사람마다 갈증을 면하고 넘치는 기운을 얻어지이다. 이번 샘을 고치는 일에 애써준 이웃들도 이 인연으로 항상 맑고 시원한 삶을 얻어지이다.

그렇다. 인생이 모랫길이라 할지라도 피하지 말기를. 거기서 시원한 샘을 찾기를. 자꾸자꾸 찾기를.

그
푸른
극장

결국 극장엘 가지 못했다. '그 영화는 꼭' 하고 결심하였지
만 말이다.

과연 요즘 젊은이들이 가는 극장은 내가 옛날에 가곤 했
던 극장과 어떻게 다를까. 심야 극장에 가는 기분은 어떨까.
거기서 지금도 사랑은 이루어지고 있을까. 하긴 요즘은 갈 곳
이 하도 많으니 극장 같은 곳에서 촌스럽게 연애를 하지 않
지도 모른다.

그러나 그 시절 나에게 극장은 사랑이었다. 거기엔 사랑이

있었다. 통금이 있던 시절, 그 어두컴컴한, 출구가 보이지 않던 극장은 얼마나 간절히 일탈과 탈주의 꿈이 살고 있는 곳이었던가. 거기서 애인 사이인 젊은이 둘이 은행을 터는 영화, '보니 앤 클라이드'를 보면서 마음대로 안되는, 통금이 있는 세상에 대고 나는 마구 '상상의 총질'을 했었다. 그래서 시인 기형도가 심야극장에서 쓰러져 영원히 떠나버렸을 때 나는 아주 깊은 느낌, 공감이라고도 할 느낌을 마주하기도 했던 것이다. 기형도는 참 용감했구나, 하고 중얼거리면서.

아무튼 극장, 거기엔 무한한 상상의 바다가 출렁인다. 그 시절 나는 그 상상의 물결 속에서 마구 열정적이 되었다. 미친듯이 '비상구'를 향하여 달려가곤 했으며, 그 비상구로 날개를 솟아오르게 하곤 했다. 날개가 솟아오른 나는 또 한사람의 날개 솟아오르는 손을 잡곤 했다. 따뜻한 손의 뛰는 맥박을 타인에게서 느끼며 놀라 아, 이렇게 따뜻한 온도의 손도 있구나, 감격하기도 했다. 그의 어깨에 어깨를 기대곤 했다. 나에게도 기댈 어깨가 있음에 안도의 한숨을 쉬면서. 주인공 배우에게 눈물을 흘리기도 했다. 패배한 주인공에게는 더욱 간절한 눈물을 보내면서. 불이 켜지고 상상이 커다란 상처임을 깨닫는 순간, 아름다운 주인공 여배우 엘리자베스 테일러와 나의 얼굴이 동일시되던, 그 어둡고, 자궁같이 따스한 공간은 사라져 버리고 극장 계단에 붙어 있던 대형 거울은 나의 지극히 평범한 얼굴을 군중 속에서 비춰주곤 했다.

　그렇다. 그 시절, 극장은 나를 특수화했다. 나는 거기 빼꼭히 차 있는 어둠에 기대어 그와 나 만의 '특별한' 온도를 교환했다. 그러나 극장문을 나서는 순간, 군중 속에 있는 나의 얼굴을 보는 순간 나는 평범하게 되었고, 지극히 평범하게 된, 즉 일반화된 나는 누구나 하듯 그와 집 앞 골목에서 헤어졌다. 한밤중임에도 주무시지 않고 딸을 기다리시던 어머니는 "어딜 다니느라고 말만한 처녀애가 이렇게 집에 늦게 들어오니?" 하시며 야단을 치곤 하셨다. 그 순간 나는 집에 늦게 들어온 한심한 처녀일 뿐이었다. 지금 '처녀'라는 그 단어는 젊은 생명 그것의 상징 같은 것으로 나의 시에서 쓰이곤 하지만, 그때 그 단어는 지상으로 유배된 알바트로스의 날개처럼 슬픈 단어였다. 나는 당시 학생극장에서 몇 번이나 봤던 영화 "흑인 올페"의 올페의 애인도 아니었으며, 그 영화에서처럼 축제 속에 눈부신 매일이 흘러가지도 않았으며, '내가 사는 곳'

은 아름다운 황혼이 지는 언덕도 아니었다. 물론 나의 남자친구도 올페는 아니었다. 다만 나를 이해해주며 '알아주는' 한 존재였을 뿐이다. 천상에 사는 푸른 처녀가 바로 나임을 알아주는 한 존재.

얼마 지나지 않아 어머니는 '할 수 없는 노릇'이라는 듯한 답답한 표정을 지으시며 밤늦게 돌아오곤 하는 딸과 그 남자친구의 궁합을 보셨다. 그리곤 곧 청첩장이 돌려졌고, 지극히 평범한 결혼식이 열렸다. (아, 나와 그는 얼마나 특별한 결혼식을 원했던가.) 그리고 곧 이어 나는 지극히 평범한 셋집을 얻어 '설거지'를 시작하였으며, 그 작은 셋집 앉은뱅이 책상 위의 거울에 얼굴을 비추어보며 넥타이를 매는 낯선 한 남자의 모습을 황홀하게 바라보면서 평범한 일상의 숲으로 걸어들어가기 시작했던 것이다.

그러나 거기 극장에서는 아직도 짙푸른 파도 냄새가 풍겨온다. 거기 들어서는 상상만 하여도 심해의 파도에 흠뻑 몸이 젖는 듯하다. 나는 푸른 처녀가 된다.

언젠가 그 푸른 일탈의 냄새가 맡고 싶어 아침 일찍 극장엘 갔다. 무협영화가 한창 진행중이었다. 어둠이 꽉차있는 둥근 천정에 오디오가 그렇게 아름답게 울릴 줄이야. 젊은이들이 몇 명 앉아 있었다. 껴안고 있는 커플도 있었고 친구와 담소하며 팝콘을 먹는 젊은이도 있었다. 나는 딸의 손을 꼭 잡았다. 축축했다. 시간이 걸어오고 있는 축축함. 그러나 그 극장의 비상구는 곧 탈출구가 되리라. 흑인 올페처럼 푸른 바다로 애인의 손을 잡고 배를 저어 나아가게 하리라.

마시지 말고 머금어라

　오랜만에 그곳엘 갔다. 그곳은 언제나 조용하다. 조용한 그곳 마당에서 한 스님을 만난다. 그 스님은 날씨가 추운지 잔뜩 웅트리고 서 있다. 나는 묻는다.

　"회감이 영 안 됩니다. 아무리 해도 차가 머금어지지 않습니다. 차는 마시는 게 아니다, 머금어야 한다, 고 말씀하셨는데, 그게 영 안 됩니다. 머금으려 해도 금방 넘어가 버리고 맙니다. 목구멍을 꼴각 ― 하고 넘어가버려서 그런지, 회감하지 못한 차에선 전혀 향기가 나지 않습니다. 향기가 입 속에 가득 돌아야 할 텐데. …… 어떻게 하면 향기가 돌게 할까요?"

　"글쎄요 ……."

스님은 딱하다는 표정으로 나를 쳐다본다. 나는 심히 부끄럽지만, 다시 한 번 말한다.

"노력은 하는데요. …… 영 머금어지지 않아요. 어떻게 하면 머금어지겠습니까?"

"마음이 급해서 그렇습니다."

"저는 그렇게 마음이 급하지 않은데요?"

"생각과 말이 소란스럽게 앞서서 그렇습니다."

"저는 늘 뒤에 말없이 서있는 편이고 성품이 조용하다고 하는데요"

"욕망이 많아서 그렇습니다."

"저는 욕망이 그리 많지 않은데요. 안 그래도 그동안 살다 보니까 욕망이 너무 많았던 것 같아 작년엔 집도 평수를 줄여서 이사했는데요. 그리고 프랑스 철학자 들뢰즈는 오히려 욕망은 생산하는 힘이라고 하였는데요."

"그래요? 너무 똑똑하셔서 그렇군요. 지식은 곧 지혜가 아닙니다."

"저는 그리 똑똑하지도 않고, 지식이 높지도 않고, 아니 …… 저는 오히려 바보같습니다. 남들은 항상 저보다 먼저 가지요. 저는 남들 하는 것을 영 못 따라 갑니다."

"스스로를 바보같다고 생각해 늘 채찍질하니 그렇습니다. 마음이 화가 나 있는 것입니다."

"겸손한 게 아닌가요?"

"너무 겸손하니까 그렇습니다."

"너무 겸손하다니요? 겸손할수록 좋은 게 아닙니까?"

"겸손이 〈겸손한 체〉하는 것을 알아버렸나 봅니다. 마음을 낮추어야지요. 말이 아니라."

'스님, 정말 어렵습니다. 아무튼 차 향기가 입 속을 돌게 하는 무슨 요령 같은 게 없을까요?'

'허 글쎄요, 아직도 요령을 찾으시다니, 〈그저 마시면〉 됩니다. 그러나 향기를 맡아야 한다고 마음을 강요하면 향기가 올 수 없지요. 마음을 없애세요."

"마음을 어떻게 없애지요?"

집에 돌아와 '마음을 없애는' 문제에 대해 곰곰 생각한다. 그러고 보니 마음이 가득찬 사람들이 내 주변엔 너무 많구나, 나뿐 아니라. 평생 공부만 해 왔다고 주장하는 사람들로부터 평생 성실히 일해왔다고 주장하는, '부동산 투기 의심'의 재력가들에 이르기까지. 그들은 한결같이 노력한 게 잘못이냐고 반문한다. 글쎄 ……?

이 참에 장자의 비유 하나를 던져볼까. 오늘의 우리 사회에 적용시켜 보자.

남백자기가 상구에 갔을 때 특이한 거목을 보았다. 사마수레 천대를 매어도 그늘에 푹 가려 보이지 않을 정도였다. 자기는 '이건 무슨 나무일까? 팔경 좋은 재목감이 될 거다.'라고 했다. 그러나 눈을 들어 가지를 보니 구불구불하여 마룻대나 들보가 될 수 없고, 고개를 숙여 그 굵은 밑둥을 보니 나무 속이 갈라져 널이 될 수도 없었다. 그 잎을 핥으면 곧 입이 문드러져 상처가 나고, 그 냄새를 맡으면 몹시 취해서 사흘이 지나도 깨어나지 않았다. 자기는 말했다. '이건 정말 재목감이 못되는 나무로군. 그러니까 이렇게까지 자랐지 …….

그러니까 지금 우리 사회엔 장자의 '나무 우화'로 이해하자면 쓸모없었던 거목, 그러나 수레 수천대를 맬 만한 거목이 된 나무가 너무 적은 셈이다. 똑똑하여 쓸모있는, '작은 나무 – 사람'이 너무 많다고나 할까. 하긴 나도 늘 쓸모있는, 똑똑한 사람이 되려 하고 있지만 …….

사랑이란 무엇일까

택시를 탔다. 나이 지긋한 기사의 택시였다. 그는 이런 저런 이야기 끝에 "한 가지 여쭈어 봐도 됩니까? 좋은 답을 주세요." 하고 말했다. "글쎄요, 어려운 게 아니라면요 ……." 하고 나는 대답했다. 그는 나의 답에 용기를 얻었다면서 이야기하기 시작했다. 그는 요즘 한 여자를 사귀고 있는데, 그녀는 정부에서 나오는 보조비로 겨우 생계를 꾸려가는 생활보호 대상자로서 장애자라고 했다. "그래서 저는 쌀, 반찬거리를 사주기도 하고, 옷을 사다 주기도 해요."라고 그 기사는 쑥스러운 듯 말했다. "참, 좋은 일을 하고 계시네요." 하고 내가 말하자 그는 더 쑥스러운 듯한 목소리로 말하기 시작했다. "제가 그 여자와 결혼하려고 하는데 자식들은 결사적으로 반대합니다. 어떻게 했으면 좋을까요?" 비로소 나에게 질문하고 싶은 문제가 나왔다. "글쎄요? 제가 어떻게 ……." 나는 좀 곤혹스럽게 말했다. "그런데 …… 옷을 사들고 가면 그렇게 즐거울 수가 없어요. 옷뿐이 아니애요. 무얼 주면 그렇게 행복하답니다. 일찍이 그런 경험은 없었어요. 그 때문에 한 푼이라도 더 벌려고 이 나이에 택시를 한답니다. 자식들도 다 출가했고, 그래서 아무것도 하지 않아도 되는데 말입니다. 저는 원래 버스기사였고 모범가장이었어요. 그런데 어느 정도 살만해진다고 생각했을 때 마누라가 아프기 시작했어요. 진단 결과 위암 말기였지요. 결국 가버렸어요. 고생만 하다가 가버린 셈이지요. 그래서 요즘은 그 여자가 마누라를 닮은 것이 아닌가 하고 생각해 보기도 한답니다. 마누라한테 무엇인가 해주지 못한 게 늘 마음에 걸리거든요. 그렇지만, 그렇지는 않은 것 같아요." "그 여자를 무척 사랑하시나 보죠?" 나의 말에 그는 쑥스러운 듯 말했다. "글쎄 말입니다. 그런 것 같아요. 하지만 자식들은 그것은 사랑이 아니라, 동정이라고 합니다. 하긴 이 나이에 사랑한다는 이야길 자식들한테 믿어달라고 할 수도 없고 ……."

그 택시 기사는 그날 나의 돈을 받지 않았다. 그 이야기를 생전 처음 했는데, 하고 보니 너무 마음이 시원하기 때문이라는 것이었다. 그러니까, 내가 너무 잘 들어주었다는 것이 택시비를 안 받는 이유였다. 아무튼 그날, 나는 정말 사랑이란 무엇일까, 하는 그 택시 기사의 질문을 다시 나에게 하지 않을 수 없었다. 사랑이란 동정인가? 불가에서 말하는 연민이 이에 해당하는 것인가? 그게 답인가? 그렇지만 사랑은 결코 동정이 아니라고 나의 지극히 현대적인 자아는 주장하고 있었다. 온갖 데서 사랑이 넘치는 이 사회도 내 옆에서 그렇게 주장하고 있었다. 사랑에는 여러 종류가 있다고 하면서 말이다. 오랑우탄을 연구하는 어떤 학자의 말이 생각난다.

"오랑우탄의 유전자와 사람의 유전자는 95%가 같습니다. 그러나 오랑우탄에게는 동정심을 유발하는 유전자가 없어요. 그게 다른 점입니다."라고.

오늘의 세상은 정말 사랑이 넘친다. 곳곳에 절과 교회가 들어서 있으며 사람들은 기도하고 절한다. 그런데 그것이 모두 동정을 기반으로 하는 것인가 하는 점에는 문제가 있다. 오히려 그것은 욕망을 토대로 하는 것이기 쉽다. 그리고 그렇다면 영·유아의 유기遺棄라든가며, 얼마 전 신문 기사로도 난

계모의 전처 아들 학대 사건이 이해가 간다. 한 때는 분명 사랑했을 남편이나 아내를 잔인하게 살해하기도 하며, 또 아무리 사랑해서 결혼했다 하더라도 사랑의 권태는 금방 오기 마련이라고, 흔히 말하는 것에 이해가 가기도 하는 것이다. 흔히 말하는 모성의 본능성도 따지고 보면 동정심에 기반한 사랑임이 틀림없다. 그것은 극도로 무력한 자에 대한 깊은 동정심에 기반한 사랑인 것이다. 동정심에 기반하지 않은 사랑, 그것은 모성이라 할지라도 믿을 수 없다. 특히 요즘같은 시대에는.

지상의 방 한 칸

모든 불 켜진 방에서는 속삭임이 들려온다. 한밤중 드문드문 불이 켜진 맞은 편 키큰 아파트를 보라. 키낮은 집, 어디선가 새어나오는 오렌지 빛 불빛들을 보아도 마찬가지이다. 거기서 들리지 않게 들려오는 수런거림들, 희망을 새삼 느끼게 하진 않는가. 우리 모두 저 '방 한 칸'을 위해, 혹은 '두세 칸'을 위해 일생동안 힘겹게 다니는구나, 하는 생각을 하면 우리의 삶이 새삼 안쓰러워지기도 하지만.

신혼 시절 나는 아주 높은 언덕 꼭대기에 살았다. 생전 처음 마련한 나의 집, 말하자면 '방 한 칸이었다. 마침 대학시절 교직원 사무실에 근무하던 아가씨를 그 아파트를 보러갔던 날 만난 덕에(그 아파트 분양사무실에 취직해 있었고, 마침 경리였다.) 할부로 아파트값을 지불하고 그리로 살림을 옮겼었다. 그때만 해도 아파트들이 없을 때라 아파트의 모든 삶들이 낯설고 신기하기만 했었다. 어머니는 '거기서 어떻게 사니, 그렇게 허공에 달랑 올라앉아서.....' 하시며 고래등같은 집을 가진 신랑에게로 시집가지 못하고, 가난하고 글을 쓴다나, 하는 창백한 청년과 결혼한 나를 측은해 하셨다. 꿈같은 이야기다. 하긴 어디 아파트라는 새로운 주거형태 뿐이었던가, 나에게 낯선 것들이. 그것은 새로운 주거소所로서의 단순한 아파트가 아니라, 나에게 처음 생긴 나만의 공간을 의미하는 것이었다. 마음내키는 대로 하루 몇 번씩이라도 책상을 옮겨도 되었고, 아침내내 자도 되었고, 베토벤 합창교향곡을 크게 크게 틀어놓고, 거울 앞에서 카라얀 흉내를 내며 지휘를 하여도 되었고. (고등학교 시절 아버지는 내방에서 아침부터 새어나오는 음악소리에 '정말 실망했다, 큰 꿈을 가질 줄 알았더니, 아침부터 음악이나 듣고' 하시면서 나의 베토벤을 절망의 회초리로 두들기셨다) …… 옷들을 아무렇게나 펼쳐놓아도 되었고 (지저분한 옷가지들이 널려있는 것을 보면 어머니는 가만히 계시지 않을 것이었다.), 밤새도록 불을 켜

놓고 글을 써도 되었고(어머니는 내가 글 쓰는 것을 늘 참지 못하셨다. 계집애가 무슨 글이냐고 책상의 종이를 치우시곤 하셨다. 짐짓 전기값과 종이가 아까우시다고 소리치시면서...), 설거지 그릇을 밀어놓아도 되었으며, 걸레질을 하지 않아도 되었다. (아, 어머니가 늘 하시던 일 …… 지금 이렇게 그립고 아쉬울 줄이야.) 일터에서 돌아오다가 그 나의 '방 한 칸'을 쳐다보면, 펄럭이고 있는 불빛이 마치 자유의 여신이 높이 쳐든 횃불로 보이기도 했었다. 그런 저녁길에서 나는 얼마나 가슴을 크게 펼치고 척추를 똑바르게 하며 참았던 숨을 토하곤 했던가. 지금 생각하면 전셋집을 벗어나 처음으로 가졌던 신혼시절의 그 '방 한 칸'은 나에게 존재감을 일깨워주던 존재의 주소였다. 모든 서류의 빈 괄호 속에 현주소로서 나의 존재를 보증해주던 그것.

그렇다. '지상의 방 한 칸'은 단순한 주거의 공간이 아니다. 그리고 그것이 또 단순히 '나만의 공간'이 아님을 이제 나는 알 만한 나이가 되었다. 아무리 헐벗고 가난한 공간이라 할지라도 거기서 우리의 삶은 계속 되며, 그래서 우리는 실은 모두 '불멸'이 된다는 것을.

최근에 나는 나의 '지상의 방 한 칸'을 산그림자 밑으로 옮겼다. 처음 내 돈으로 샀던, 딸을 낳던 집과 비슷한 크기의 아파트로. 이젠 제발, '보다 넓은 집, 넓은 집' 하며, 말하자면 '방 한 칸(=집)'에 매어 살던 나에서 벗어나자고 중얼거리면서. 거기서 오늘 밤도 나는 드문드문 불이 켜진 맞은 편 아파트를 바라본다. 수런거리는 소리가 들리는 것 같다. 따뜻하며 정갈한 영혼들이 불을 켜고 세상을 내다보고 있는 것일까. 그리고 얼른 그것이 있는 한 희망은 있을 것이라고 힘주어 중얼거린다. 혹 그것이 꺼진다 해도 거기 보이지 않는 '불멸'이라는 희망은 그 방 창틀에 기대어 있을 것이다. 영혼의 모든 노숙자들은 거기서 끝없이 생명이 일어서는 공간을 꿈꾸고 있을 것이다. 새날엔 위대한 그 불멸의 꿈이 우리 모두에게 달려오기를.

폐 철길을 걸으며

폐 철길을 걷는다. 옆으로는 봄바다가 출렁인다. 길게 누워 있는 레일 끝으로 바다에 있는 섬들이 올라 앉는다. 섬이 출렁일 때마다 레일이 출렁인다. 침목과 침목 사이에서 햇빛을 반사하고 있는 자갈들이 섬으로 가고 싶어 레일의 베개가 된다. 침목에 누군가 흰 페인트로 쓴 글씨가 보인다. "이대로 놔둬요. 꿈길이니까" 그렇다. 꿈길이다. 꿈이 없으면 누가 저 섬으로 가고자 할 것인가. 꿈 때문에 우리는 저 길을 갈 수 있는 것이리라. 꿈이 인도하는 저 섬이 비록 절망이라 해도.

철도가 본격적으로 이 땅에 길을 연 것은 우리나라의 경우 근대식민지 시절이다. 그때 화신백화점, 경성재판소 등 신식

건물들과 함께 철도가 식민지인인 '우리'에게 안겨진 것이다. 비록 그것이 식민통치자 일본의 야욕의 짐꾼이었다고 해도, 그것은 우리의 삶을 밑바닥부터 소리없이 흔든 것들 중 하나였다. 긍정적으로 말하자면 시간을 맞춰 정확하게 오는 기차 앞에서 '양반'은 이미 의미가 없어졌다. 기차는 '양반'을 기다려 주지 않았다. 그런 의미로 보면 기차는 민중이었다. 소리없는 혁명이었으며 시간의 새로운 공화국으로의 진입이었다. 그러나 그것을 부정적 측면으로 보면, 그것은 우리의 삶을 속도의 공화국화한 것이었다. 우리는 급해졌으며 속도가 전부인 사회의 나락으로, 특실과 일반실이 확연히 나누인 절망적인 사회로 달려갔다. 빈부격차 또는 계급이 공식적으로 속도의 현장화한 것이었다. 그 사정은 유럽도 마찬가지였다. 혁명가이던 시인 하이네도 우리의 최남선과 마찬가지로 '철도예찬가'를 쓰지 않았던가.

침목과 침목을 밟으며, 그 사이에서 눈부시게 웃고 있는 자갈을 밟으며 폐철길을 간다. 철길가에는 개나리 노오란 꽃 잎 사이 '철길 위에서 시민들은 깨끗한 동해와 남해를 보고 싶습니다. – 동해남부선 지키기 시민 연대' – 의 플라카드도 펄럭인다. 다시, 그렇다. 꿈길은 시민에게 돌려주어야만 한다.

기차의 등급이 우리의 신카스트제도가 되어 있는 속에서 폐철길은 평화의 '꽃관 쓴 질주'가 되어야 한다. 꿈이 있는 한 그것은 어딘가 빛나는 섬으로 가는 철길이 되리라. 팔을 잔뜩 늘어뜨리고 끊임없이 땅을 쓰다듬고 있는 노오란 개나리, 또는 조팝나무 흰 꽃그림자 사이, 우리 모두 빛나는 레일이 되리라. 어떤 작가의 말이 꽃그림자 사이로 떠올라온다. "장님이 말한다. 나는 이제 어둠이 무엇인지 알겠다. 그대가 내 몸을 더 이상 건드리지 않을 때 그것이 어둠이구나."

폐 철길을 걷는다. 그대가 내 어깨를 건드리며 끊임없이 지나간다. 하얀 조팝꽃 눈부시게 환한 세상 속으로.

헤세
시절을
위하여

독서란 세계-내-존재인 자기에 대한 일종의 학습일 것이다. 좀 달리 말하면 실존에 대한 동일시의 꿈을 꾸게 하는 것이라고나 할까. 고등학교 시절에 나에게 독서는 일종의 존재에 대한 자기학습이었으며 그 작가, 또는 그 주인공과의 동일시였으며 그 가운데 헤세가 있다. 아프락사스 - '새는 알에서 나오려고 투쟁한다. 알은 세계이다. 태어나려는 자는 하나의 세계를 깨뜨려야 한다. 새는 신에게로 날아간다. 신의 이름은 아프락사스' - 젊은 시절엔 누구나 그렇듯이 나는 일탈을 꿈꾸었고, 바이올린을 하는 나의 친구(나는 그를 데미안이라고 부르곤 했다.)는 자꾸 나의 일탈을 부추겼다. 자아와 자기의 불가분리성을 순간순간 이해하면서도, 이 세계에 던져져 있는, 또는 버려져 있는 존재인 나를 순간순간 인식하면서도. 그 시절, 그러니까 헤세가 있던 방 한가운데에서 나는 일탈의 실존을 꿈꾸면서도, 이해할 수 없는 '세계'라는 거대한 벽 앞에 때때론 〈포기抛棄의 연습〉을 바치기도 했다. 일탈은 그 시절 나에게 일종의 존재를 찾기 위한 비상구 같은 것이었으며 실존의 알을 깨려는 발버둥 같은 것이었다. 그때 형성된 이 〈버려짐〉과 함께 〈포기〉라는 주제는 그때부터 일생을 나와 함께 자라고 늙어왔다.

그러한 나의 주제가 살아있던 첫번째 방은 옥양목 커튼이 팔락이며 달려오는, 햇빛을 부드럽게 안곤 하던 '오후의 교실'이었다. 책상 밑에는 교과서 외의 책들로 항상 불룩한 나의 가방이 나를 지긋이 올려다 보고 있었고.

나의 두번째 방은 〈헌 책방〉이었다. 그때 내가 살던 동네에는 헌 책방이 있었는데, 거기서 나는 매일 책들을 빌렸었다. 헤세니 쇼펜하우에르니, 싸르트르니, 까뮈니, 로망롤랑이니, …… 그 집을 나는 지금도 선명히 기억한다. 커다란 플라타나스가 있던 로타리 건너편, 나무 둥치로 만든 화분들과 멋지게 구부러진, 고풍스런 나무를 담은 분재들, 처마에 주렁주렁 달

려있던 넝쿨잎들의 화분, 나를 기특한 학생으로 여긴 그 헌
책방 주인이 어느 날엔가는 선물로 책을 한 권 주었던 기억이
난다. 그러면서 대학생이던 그 주인이 "이건 헌 책이 아냐." 하
고 말하던 것도. 그때 받은 것이 하늘 색 표지의 릴케 시집이
었고 그 이후 어찌어찌 시의 길을 걷게 되었다. 헤세같은 소설
을 쓰려고 하였건만.

세 번째 방은 음악과 거리였다. 학교가 끝나면 나는 그때
바이올린을 켜던, 데미안을 닮은 나의 친구의 소개로 알게된
음악감상실로 달려가곤 했다. 어둑한 거기, 르네상스. 흐르는
선률, 안개 자욱한 바다같은 거기서 처음 커피라는 것을 마셨
고, 맞은 편에 앉아있던 연인으로 보이는 커플이 어떻게 찻잔
을 부딪는가도 보았으며, 바흐라든가 브람스, 바그너를 만났
다. 또 다른 세계가 달려온 셈이었다. 음악은 마치, 어머니의
'비단포대기'처럼 포근했다. '그 비단 포대기에 싸여 너는 어머
니의 등에 업혀 있었지 …….' 음악은 자욱한 안개 속에서 낮
게 중얼거리고 있곤 했다. 한 해가 끝날 무렵이면 후줄근한
검은 쟈켓을 걸친 한 남자가 베토벤의 '합창' 교향곡을 틀어
놓고 음악에 맞춰 지휘하기도 하였다. 고독들이 사방에서 비

단포대기에 싸여 꿈을 꾸고 있었다. 가끔 음악을 듣다말고 나와 창앞에 서 있으면 분주한 사람들이 눈부신 햇빛 아래로 걸어가는 것이 까마득하게 내려다 보이곤 했다. 종로 거리, 하교하면 부지런히 달려가 헤세의 작품이며 싸르트르의 작품을 한 책방에서 10페이지씩 읽곤 하던 책방들, '숭문사', '종로서적' …… 분주한 사람들의 분주한 신발들, 상점들, 먼지를 뒤집어쓴 채 잔뜩 얼굴을 찡그리고 서 있는 가로수들, 아, 항상 만원이던 88번 버스 …… 그 시절의 나의 거리의 체험들은 최초의 장편 에세이집인 (장편에세이는 그 이후로 아직 쓰지 못하고 있지만.) 『그물사이로』에 들어갔다.

그러면서 나는 나의 아프락사스를 찾아 길을 걸어갔다. 미지의 공간에 그 신의 새는 살고 있을 것이었다.

이따금 열쇠를 찾아내어 완전히 내 자신 속으로 내려가면, 거기 어두운 거울 속에서 운명의 영상들이 잠들어 있는 곳으로 내려가면, 거기서 나는 그 검은 거울 위로 몸을 숙이기만 하면 되었다. 그러면 나 자신의 모습이 보였다. 이제 그와 완전히 닮아 있었다. 그와, 내 친구이자 나의 인도자인 그와.

[데미안의 마지막 귀절]

그러고 있을 즈음 나에게 기회가 왔다. 합법적인 일탈의 기회, 나의 공간의 확장, 지방 대학에 취직이 된 것이었다. 그 다른 도시로 갔다. 무궁화호 열차를 타고, 딱딱한 나무 의자에 앉아. 새로운 공간의 노을과 거리와 아프락사스를 볼 꿈에 가슴을 출렁이며.

그러나 나는 점점 나이를 먹어가고 있었다. 〈알의 방〉을 나는 떠나야 했다. 생계를 책임져야 했으니까. 그리고 생계야말로 진정한 의미에서의 실존임을 나는 서서히 알아가지 않을 수 없었다. 나의 실존의 일탈은 서서히 〈포기〉의 다른 이름인 〈수용〉과, 그리고 현실적 세상에 끼어들고자 하는 욕망같은 것들의 띠를 걸치기 시작했다. 헤세시절에 있던 것 – 포기, 자유 , 허무, 해방, 소외, 고독 – 그 중 그래도 지금까지 남아 나와 가장 친밀한 것은 '고독'일 것이다.

나는 저물 무렵 집 앞 대나무 사이로 새들이 숨어드는 것을 바라본다. 고양이가 휘익하며 숨어들어가는 것을 본다. 세상으로부터 숨어 나를 찾으려고 하는, 그러나 세계–내–존재인 나, 나는 보이지 않게 보이는, '나로 가는 길'을 걷는다.

나는 다락으로 올라가는 계단 한 구석에 커피 한 잔을 들고 앉아, '반쯤 열린 창' 밖의 하늘을 바라보기도 한다. 거기 새들이 날개를 함께 저으며 하늘을 물고 가는 것을 본다. 거기 특별한 새 한 마리가 하늘을 물고 가는 것을 본다. 아프락사스일까?! '반쯤 열린 창'에 너울거리는 대나무들의 수액이 세계에 젖어들며 수천년을 이루는 것을 바라본다. 이 끝없는 반복, 회귀.

그러나 아직도 헤세 시절의 그 아프락사스는 오지 않고 있다. 내 자신에 이르는 길도 보이지 않는다. 세계는, 세상은 아직도 거대한 벽이고 …… 그러나 지금의 〈그 벽〉은 흰 옥양목 커튼이 하얗게 순결한 햇빛을 투과시키는 그런 창이 있는, 눈부신 거대한 벽이다. 그리고 그러기에 나는 아직도 걸을 수 있다. 아프락사스를 찾아. 가까이 오지 않는 그에게 이제는 감사하며, 내가 만일 아프락사스를 찾았다면 거대한 저 벽의 '반쯤 열린 창'을 오늘 고독에 차서 바라보고 있지 않으리라. 연도煉禱이며 주문呪文인 시도 쓰지 않으리라. 나의 아프락사스의 벽은 끝없이 멀어지는 혹은 가까워지는 그 지점에 있다. 나는 실존을 산다.

'반쯤 열린 창'에 너울거리는 대나무들의 수액이 세계에 젖어들며 수천년을 이루는 것을 바라본다. 이 끝없는 반복, 회귀. 그리고 그것이 고독이라고, 실존이라고, 세계의 완성이라고 버릇처럼 낮게 중얼거린다. 나의 자아로 가는 길은 아마 거기 있을지도 모른다. 대나무 밑 보리수의 가지 속을 흐르는 수액 그 낮은 중얼거림 속에.

멀리 고속도로에 등불이 '잔치'처럼 켜지는 시각이 오면 아프락사스의 낮은 목소리는 더욱 낮게, 마치 수액의 흐르는 소리처럼 들려온다. 모든 구석엔 날개가 있으리라고, 비상과 추락이 함께 있는 날개가. 자유로이 일탈하는 하늘물고기 '범어'의 금빛 날개가. 거기서 완성이 일어서리라고, 그것은 흐르는 현재의 소리일 것이라고. '반쯤 열린 창'은 르네 마그리트의 그림을 생각하기를.

4
—

좀 구겨진 옷

꽃들의 비명소리가 들려온다

그 아저씨는 아이비의 어깨며 허리며 요리조리 만져 보면서 감탄, 감탄했다. 흙을 바꾸어 주고 싶지만 넝쿨이 하도 길고 넓게 뻗어서 그렇게 할 수도 없는 형편이다. 그러던 언제부터인가 그것에는 하얀 벌레가 끼기 시작했다. 열심히 닦아주곤 했지만 영 없어지지 않는다. 그런데도 벽은 자꾸 푸르러진다. 마지막 푸름인가. 백조가 죽기 전이면 아름답게 부른다는 노래처럼.

또 하나는 이름도 모르는 한해살이 꽃풀 화분이다. 나는 그것을 어떤 절의 마당에서 파 왔다. 언젠가 꽤 먼 곳에 있는 한 절에 간 일이 있었는데 마당 입구에 가득 피어 있는 그 꽃이 아주 예뻤다. 그래서 "그 꽃 참 예쁘네요" 하였더니 그 절의 마음씨 좋은 스님은 "한 포기 떠 가시죠" 하고 말하는 것이었다. "그래도 돼요?" "그럼요. 어떤 신도가 심은 건데 ……, 그 신도도 어디서 가지고 왔겠지요? 생명에 주인이 따로 있겠습니까?" 그렇게 해서 비닐 봉지에 한 포기를 떠왔던 것이다. 집에 오니 거의 죽어 있었다. 버릴까 하다가 아까워서 화분에 심고 부엌 창 앞에 놓아두었다. 원래 밖에 있던 것이니, 바람을 많이 쏘여주어야 할 것이라 생각되어 거기다 놓은 것이다. 수시로 창문을 열어줄 수 있으니까. 그리고 아무래도 풀꽃이니까 바로 옆에 있는 씽크대의 수도꼭지를 틀어 수시로 물을 주고 햇빛이 날 때는 햇빛 앞으로 데리고 가고.

그러던 어느 날 다 죽었던 그 꽃줄기가 일어서기 시작했다. …… 한밤중에 일어나 커피를 끓이려고 부엌으로 가니 그 풀 꼭대기에 보라빛 작은 꽃이 피어있는 것이 아닌가! 그리고 그것은 그 보라빛 작은 꽃이 진 뒤에도 살아있다. 지난 겨울의 추웠던 고개도 훌륭히 넘어.

투쟁, 살아있는 것들의 살아남기 위한 투쟁, 그것을 도울 수 있어야 한다. 작은 것들을 살아남게 하여야 한다. 그 작은 잎들을 못살게 하는 것들과 싸워야 한다. 세상은 얼마나 작은 것들로 이루어져 있는가. 우리도 실은 얼마나 작디작은가!

　화분에 물을 주다가 구석에 삐쭉 솟아 있는 잡초를 뽑았습
니다.
　안 뽑히는 것을 억지로 비틀어 뽑았습니다.
　순간, 아야야― 하는 잡초의 비명이 들려왔습니다.

　아, 이걸 어째?
　내 손에 피가 묻었습니다.

　아, 이걸 어째?

[졸시, 「아, 이걸 어째」(시집, 『등불 하나가 걸어오네』)]

　어느 날 새벽 그 쟈스민 화분 앞에서의 한 사건을 소개한
필자의 시이다. 새벽에 일어나 버릇처럼 화분을 살피는데, 화
분 한 구석에 조그만 잡초가 자라오르기에 별 생각없이 비틀
어 뽑았던 것이다. 그런데 그 순간 「아야야」 하는 소리에 나는
그만 움찔하지 않을 수 없었다. 그리고 내 손을 얼른 들여다
보았다. 거기에는 정말 생각도 못한 핏방울, 그리고 비명소리

가 묻어 있었다. 그 자그만 떡잎의 핏방울, 그리고 비명소리였다. 나는 시 하나 써주기로 했다. 내가 해줄 수 있는 일은 그것밖에 없으니 …… 내가 그 잡초의 떡잎도 사랑하고 있음을 보여주는 일은 …… 그 하찮은 아름다움을 내가 이해하고 있음을 보여주는 일은 …….

아, 그 작은 화분 속에 들어있는 대지 …….

잡
초

어떤 매미 한 마리가 거미줄에 걸려 처량한 소리를 지르길래 내가 듣기 딱하여 매미를 날아가도록 풀어주었다. 그때 옆에 있던 어떤 사람이 나를 나무라면서,

"거미나 매미는 다 같이 하찮은 미물들일세. 거미가 그대에게 무슨 해를 끼쳤으며 매미는 또 그대에게 어떤 이익을 주었기에 매미를 살려주어 거미를 굶겨 죽이려 드는가? 살아 간 매미는 자네를 고맙게 여길지라도 먹이를 빼앗긴 거미는 반드시 억울하게 생각할 것이니, 그렇다면 매미를 놓아보낸 일을 두고 누가 자네를 어질다고 여기겠는가?" 하였다.

나는 이 말을 듣고 처음에는 얼굴을 찡그리며 대답조차 하지

앗었다. 그러나 얼마 후 그의 이러한 의심을 풀어주기 위하여,

"거미란 놈의 성질은 본래부터 욕심이 많고 매미란 놈은 욕심이 적고 자질이 깨끗하네. 항상 배가 부르기만을 바라는 거미의 욕구는 만족하기 어렵지만 이슬만 마시고도 만족해 하는 저 매미를 두고 욕심이 있다 할 수 있을까? 저 탐욕스러운 거미가 이러한 매미를 위협하는 것을 나는 차마 볼 수 없기 때문에 매미를 구해 주었을 뿐이네." 하였다 …….

[이규보, 「매미를 살려준 부」 중에서]

이규보의 산문이다. 매미를 살려주고, 그러기 위해 거미를 죽인다는 내용이다. 글쎄, 글 속에 등장하는 누구인가의 질문처럼, 누가 욕심이 더 진하기 때문에 일어난 일일까. 매미를 살리기 위해서 거미를 죽여야 하는가, 아니면 거미를 살리기 위해서 매미를 죽는대로 내버려두어야 하는가. 어느 것이 욕심이 더 많은 행위인가.

이규보는 자신있게 말한다. 매미가 깨끗하다고. 그러나 과연 그럴까.

다른 과학적 진술은 그만 두고 이솝우화 「개미와 베짱이」에만 의거해 본다고 하여도 매미는 놀고 먹는 자의 대명사로

서 부정적인 이미지를 가지고 있다. 과연 그런가?

잡초도 나에게 늘 이런 의문을 던지는 것들 중의 하나이다. 저렇게 척박한 토양에서도, 잘 보호받고 있는 꽃나무 밑에서 언제 뽑힐지 몰라 눈치를 보며 그러면서도 열심히 자라는, 이순간이 마지막 기회인 것처럼 열심히 자라버리는 잡초를 나는 죽여야 할 것인가. 어떤 이가 말했듯이, 잡초란 지극히 상대적인 개념인데도 불구하고 …… 그러고 보니 언젠가 나는 잡초를 두둔하는 글을 분노와 배신에 차서 쓴 적이 있음이 생각난다. 아마도 굉장히 정성을 쏟은 산다화가 죽어버린 날이었을 것이다.

'나는 잡초를 좋아한다. 잡초들이 가진 그 생명력에 경외심마저 표한다. 그렇게 죽일려고 하는데도 살아나는 그 생명력, 그것은 아마도 곱게 키우는 것에서는 결코 나오는 것일 수 없을 것이다. 어쩌면 나의 식물에의 사랑은 잡초에서부터 시작되었는지도 모르겠다.

그러고 보니 어린 시절 받았던 질문 하나와 그에 대한 나의 대답이 지금도 들려오는 것 같다. 어떤 꽃을 키우겠느냐는 질문이었다. 나는 꽃이 아니라 풀을 키우겠다고 했다. 풀도 이름있는 풀이 아닌 잡초들을. 그런데 지금 나는 그 약속을 지키지 못하고 있다. 화분에 뾰족히 일어서 있는 잡초를 비틀어 뽑고 있으니.

나는 잡초의 비명을 거의 매일 듣는다. 오늘 아침에도 풍란 화분을 덮은 이끼 속에서 너무 잘 자라고 있는 잡초 하나를 뽑았다. 나는 어김없이 그것의 슬픈 목소리를 들어야 했다. 화분 구석에 열심히 자라고 있는 그것의 목소리를.

사실 우리가 어떻게 판단할 수 있을 것인가. 어떤 것이 잡초이며 어떤 것이 잡초가 아닌지를.

그보다 잡초의 그 질긴 생명력을 어떤 꽃이 이길 수 있을 것인가.

이 세상은 아름다운 꽃만으로 커가는 것은 아닐 것이다. 잡초들도 커다란 한몫을 하는 것일 것이다.

하긴 어디 잡초 뿐이랴. 우리가 억누르고 있는 것들은, 아니 우리를 억누르고 있는 것들은.

아무튼 나는 요즘 잡초만이 잔뜩 일어서 있는 화분에 열심히 매일 물을 주고 있다. 어떻게 된 일인가 하면 아는 교수가 외국으로 가면서 나에게 화분 한 개를 맡겼는데, 그만 주인공

꽃이 죽어버렸다. 그리고는 잡초만이 눈앞을 가렸다. 나는 너무 화가 나서 그 꽃을 뽑아버리고, 잡초에 물을 주기 시작했다. '그래, 못살겠다는 것은 죽어버려라, 살겠다는 것만 살아라!' 하면서 …… 그랬는데 어제 보니 파란 싹이 그 화분에서 일어서고 있었다. 아마도 잡초의 파란 싹이. …… 나는 흠칫했지만, 그냥 두기로 했다. 그 대신 물을 주고 햇빛 앞으로 잘 갖다가 놓았다. 그리고 나는 잡초에게 중얼거렸다.

'그래 여긴 너의 땅이니 마음놓고 일어서거라. 걱정말고 일어서!'라고.

모두冒頭에 제시한 글의 끝 부분에서 이규보는 다음과 같이 쓰고 있다.

나는 매미 몸에 뒤얽힌 거미줄을 풀어주면서 다음과 같이 간곡한 말로 당부하였다.

"우선 울창한 숲을 찾아서 가거라. 그리고 깨끗한 곳을 골라 자리를 잡되 자주 나다니지 말아라. 탐욕스런 거미들이 너를 호시탐탐 엿보고 있네. 그렇다고 같은 곳에서만 너무 오래 있지는 말아야 한다. 버마재비란 놈이 뒤에서 너를 노리고 있으니 말이네. 너는 너의 거취를 조심한 다음이라야 어려움없이 살아갈 수 있을 걸세."

  나도 잡초에게 이어서 말한다. "그런 다음, 여기가 울창한 너의 숲이 되게 하여라. 지금 이 순간, 여기서 열심히 너의 몸을 살찌우거라. 욕심과 집착에 찬 손 혹은 이 좁은 화분 속의 흙이 언제 너를 버릴지 모르니 ……."

[이규보, 「매미를 살려준 부」 중에서]

자
스
민

화
분

　나에게는 세 개의 특기할 만한 화분이 있다. 그 중 하나는 자스민 화분이다.

　오늘 아침에도 나는 그것의 팔을 만져 주었다. 가늘디 가는 그것, 누렇게 변색 된, 몇 개 남지 않은 잎들 – 작년에 한 화원에서 사가지고 올 때 그것은 얼마나 아름답고 기가 막힌 향기를 뿜었는지 ……, 보라색과 흰색의 꽃 속에선 마치 천상으로 가는 '하늘문'이라는 것이 지상에 있다면, 그런 것이 출렁거리고 있는 듯하였다. 그런데 향기를 다 뿜은 날부터 그것은 시름시름 앓기 시작하였다.

　나는 바람을 쐬지 못해서 그런가 싶어 통풍이 잘 되는 창문

앞으로 그 화분을 들고 가기도 하고, 어느 날은 큰 나무에 가려 햇빛을 못 쏘이는 바람에 그런가 싶어 햇빛이 잘 드는 곳으로 그것을 옮겨 주기도 하였다. 또 어느 날은 물을 너무 자주 주어서 그런가 싶어 물을 안 줘 보기도 하고, 어느 날은 반대로 물을 너무 안 주어서 그런가 싶어 물을 흠뻑 주기도 하고, 약을 뿌려 주기도 하고 …… 음악을 틀어 주기도 하고, 사랑이 부족해서 그런가 싶어 외출에서 돌아오면 제일 먼저 들여다 보아 주고, 쓰다듬어 주고, 밤이면 그것을 한 번 보고야 잠자리에 들기도 하였다 ……. 그러기를 1년여, 나는 그것이 오늘 아침에도 살아있다는 것을 놀랍게 깨달은 것이다. 나의 노력 이상으로 꽃 그것도 살려고 노력하고 있었던 것이다. 화분집 아저씨가 보고 "병들었습니더, 여기 이것이 벌레구만, 뽑아버리슈, 한 번 그러기 시작하면 살기 힘듭니더 ……." 한 이후로 1년을 말이다.

또 하나는 아이비 화분이다. 하긴 화분이랄 것도 없다. 천 원짜리 작은 대나무 바구니에 흙이 조금 담긴 것이 그 아이비의 집이다. 그런데 그 아이비가 우리집 거실 벽을 푸른 잎파리로 장식하고 있는 지는 10년이 넘는다. 그것도 '이사'바람에 두 번이나 벽을 바꾸어야 했다. 화분집 아저씨가 보고는 말한다.

"히야, 요것봐라, 이렇게 빈약한 흙 위에서 …… 히야!"

그 담쟁이가 말했다

그 날 아침도 나는 일어나면서 나에게 물어보았다. "오늘은 가볼까? 아니, 꼭 가야 돼, 꼭" 그러나 그 날도 그냥 지나갔다. 나는 방바닥에 펴 놓은 청바지를 노려보았다. 그러고 있자니 청바지가 나에게 말하는 것 같았다.

"이제 나가 보시죠 ……."

어느 날 나는 드디어 그 바지에 나의 다리를 꿰었다.

양말을 신고 잠바를 입고 모자를 쓰고 등산용 지팡이까지 들었다. 완전무장이었다.

나는 현관문을 나섰다. 봄눈이 날리고 있었다. 나는 지팡이를 짚었다. 앞에 놓인 길의 거리가 그렇게 멀게 느껴질 수가 없었으며 비탈이 끝없이 계속되는 것 같았다.

그 날은 거기서 그냥 돌아왔다.

그러니까 뇌수술을 한 이후로 왼편이 마비되었다가 풀려난 나의 몸은 깊은 「무력증」에 빠져, 비탈이며 돌, 세상, 세상 사람들 …… 온갖 것들을 다 무서워하고 있었다. 그러나, '평생 이렇게 살 수는 없어'라고 외치면서 집을 나서고자 한 것이 이렇게 된 것이었다.

다음 날 나는 또 그렇게 중무장을 하고 집을 나섰다. 다음 날도 …… 또 다음 날도 …….

그러던 어느 날 드디어 나는 그 〈비탈〉을 넘어섰다. 지팡이를 짚으며. 환희에 차서 산으로 올라갔다. 마지막, 약수터로 가는 입구는 또 심한 비탈이었다. 무서워진 나는 땅바닥에 앉아 버렸다. 결국 앉은 채 그 비탈을 미끄러져 내려갔다. 몇 시간이 걸린 것 같았다. 약수터에 도달했을 때의 그 감격이라니!

그 날 이후로 나는 매일 산에 갔다. 하루에 두 번씩 산에 갔다. 어떤 날은 세 번이기도 했다. 옷차림은 점점 가벼워졌다. 혼자 산에 올라가 심호흡도 하고 아랫동네를 내려다 보기도 했다. 아랫동네를 내려다 보면서, 해 떠오르는 바위에 앉아 명상 호흡을 하기도 했고, 소리를 지르기도 했다.

'여러부운—, 나는 강은꼽니다아아아——.'

약수터로 내려가는 비탈은 점점 짧아졌다. 거의 1분에 올라오기도 했다.

그러던 어느 날의 개미 한 마리.

산꼭대기에 앉아 아랫동네를 내려다 보고 있는데 개미 한 마리가 열심히 내 운동화를 타 넘으려고 하고 있었다. 그 녀석은 운동화 이쪽으로도 가보고 저쪽으로도 가보고 돌아도 보고 하면서 가장 쉽게 길을 갈 수 있는 방법을 탐색하고 있었다. 그 모양을 한참 내려다 보던 나는 운동화를 들어 길을 만들어 주었다. 그 녀석은 쏜살같이 운동화가 사라진 그 길을 달려갔다. 그 작고 부드러운 것의 맹렬함이라니!

나는 내가 '삶이 이러니 저러니 한' 것의 부질없음을 순간 깨달았다.

그 날, 산에는 그 개미 말고도 얼마나 부드럽고 작은 것들이 많이 있었는지 ……. 그리고 그것들은 또한 〈살고〉 있었다!

나는 다시 살기 시작하였다.

그 담쟁이 잎도 나는 잊을 수 없다. 말하자면 또 한 번 그런 깊은 「무력증」이 나를 찾아왔을 때였다. 그 담쟁이는 어떤 집 뜰에 높이 높이 솟은 나무를 기어오르고 있었다. 옆 벽의 담쟁이도 마찬가지였다. 나는 그 앞에 놓인 벤치에 앉아 멍하니 그것을 바라보고 있었다. 햇빛이 이파리 위에서 눈부시게 부서지고 있었다. 그러나 나는 그 햇빛 속으로 들어갈 수 없음을 뼈저리게 느끼고 있었다. 그렇게 그때의 햇빛은 나를 거부하고 있었다. 그런데 한참, 아니 며칠을 그 벤치 위에 앉아 있을 때 나는 담쟁이의 끝에 뾰족이 새잎이 나고 있는 것을 보았다. 그 다음 날 그것은 한 뼘도 더 올라간 것이 눈에 띄었다. 그 다음 날 나는 그 벤치를 다시 찾아갔다. 눈 대중으로 그것의 키를 표시해 놓았었는데, 분명히 더 길어졌다! 그 다음 날부터 나는 그것의 줄기를 보러 그곳의 벤치 위로 아침마다 가서 앉았다. 그것의 길이가 길어질수록 나는 기운이 솟아났다.

'저렇게 작은 것도 돌보아 주는 이 없이 열심히 살고 있는데, 내가 …….' 하는 그런 심정이 솟아났기 때문이다.

그 위에 반짝반짝 부서지는 햇빛은 결코 나를 거부하지 않았다. 나는 그 햇빛 속으로 들어갔다.

아아아 …… 그 담쟁이가 살수록 나도 살고 있었다.

그 담쟁이 잎은 나에게 결국 이런 시를 주었다.

나의 목표는 세상에서 가장 길며 튼튼한 담쟁이 줄기를 이루는 것입니다. 옆 벽에도 담쟁이 동무 잎들이 기어오르고 있었지만 내가 더 길고 아름답습니다. 내 잎들은 부챗살 모양입니다.

오늘도 그 사람이 보러 왔습니다. 나는 힘차게 벽을 기어 올라갔습니다. 그 사람은 한참 동안이나 나를 바라보다가 벽의 어깨를 한 번 쓰다듬고는 떠나갔습니다. 나는 부챗살로 벽을 기어 올라갔습니다. 주홍빛 아침 해가 내 꿈밭 위에서 허리를 펼 때까지, 아아, 세상에서 가장 눈부신 담쟁이 줄기가 될 때까지. 있는 힘을 다해.

['그 담쟁이가 말했다' 전문 (시집 『시간은 주머니에 별 하나 넣고 다녔다』)]

수영장 이야기

'펑-' 하는 소리가 났다. 그러면서 나의 오른쪽 발목에선 커다란 쇠사슬이 벗겨졌다. 조금 뒤 왼쪽 발목에서도 마찬가지 소리의 느낌이 전해왔다. 쇠사슬이 벗겨졌다. 나는 가볍게 떴다. 그리고는 물 위로 나아갔다. 「이것이로군 …….」 순간 나는 생각했다. 이것이 바로 뜨는 것이었다. 벌써 20년이 된, 어느 날, 수영장에서의 이야기다.

그러면 나와 수영장과의 관계를 이야기하자. 내가 수영장에 처음 간 것은, 지난 80년대의 어느 날, 가야겠다고 마음 먹은 때로부터도 몇 달이나 지나서였다. 나는 쭈볏쭈볏 수영복으로 갈아입었다. 그런데 문제가 생겼다. 나는 내가 수영을 할 줄 안다고 생각하고 있었는데, 다만 수영복 입는 것이 부끄러워 수영장에 못왔을 뿐이라고만 생각했었는데 그게 아니었다. 있는 힘을 다해 팔다리를 마구 흔들면 물에 떠서 어찌어찌 앞으로 나아가기는 하지만, 전혀 자연스럽게 나아가는 것이 아니었다. '물로 짠 솜이불'을 둘러쓴 형국이라는 표현을 누군가 하였던 생각이 난다.

젊은 수영선생은 "그렇게 하시면 안 된다니까요. 나아가려고 하지 마세요." 하면서 나를 면박주었다. "자, 힘을 빼세요. 힘을 빼세요 ……." 그리고 그러다 보니 다른 수영강습생들에게 나는 심한 장애였다. 나 때문에 다른 강습생들이 진도를 나가지 못한다고 생각한 수영선생은 나에게 수영장 가로 가서 발차기 연습을 하고 있으라고 했다. 매일 발차기 연습을 하고 있다가 보니 한 달이 다 지나가 버렸다. 나는 심한 모멸감과 분노 …… 그런 것이 복합된 묘한 감정을 느끼면서 '아, 나는 혼자 연습하는 것이 낫겠구나' 하는 생각을 하게 되었다. 그래서 다시는 그 수영강습에 등록하지 않았다.

그 날부터 시간 여유가 생기면 나는 혼자 수영장엘 다니기 시작했다. 비디오도 사서 보았다. 비디오의 수영 강사를 따라 의자 위에서 크롤을 연습하기도 했다. 그리고 그 비디오의 가르침 대로 팔을 흔들었더니 어느 날 크롤이 되기 시작하였다. 그러던 또 어느 날, 위에 말한 '펑' 하는 일이 일어났던 것이다. '이렇게 가벼운 것을 …….' 물은 마치 부드럽고 가벼운 헝겊이 몸에 감기기라도 하는 것처럼 감미롭게 느껴졌다 ……. 나는 '그 순간 그리하였던 상태'가 내 몸이 완전히 힘을 뺀, 존재의 가벼운 상태가 되었기 때문이라는 것을 지금 생각하고 있다.

가을, 어느새 내 곁에 온 가을 어느 날, 불현듯 떨어지는 낙엽들을 보면서 나는 존재의 최상의 가벼움을 알고 있는 자들이야 말로 나무가 아닐까 라는 생각을 한다. 그동안 덕지덕지 붙어 있던, 어찌 할 수 없는 욕망들을 다 떨어버리고 겨울로 가는 나무들. 그 나무들이야 말로 진정한 사랑의 방식을 알고 있다. 그것은 무거운 것들을 버리고 존재의 가벼움을 실천하는 것이다. 그러니까 내가 물에 완전히 뜨지 못했던 것은 물을 사랑하지 않았기 때문이었다. 나의 온몸을 결코 주려 하지 않았던 것이다. 내가 주려 하지 않는 온몸을 물이 받아주지 않는 것은 너무나 당연한 일인 것이었다.

사랑하는 것은 내 몸의 힘을 전부 빼는 일인 것이다. 사랑에게 아무 보상없이 자기를 던지는 일인 것이다. 가을이 하는 것처럼. 가을이 저의 몸을 겨울 앞에 던지는 것처럼.

보이지 않는 것들에게
편지를 보낸다

보이지 않는 것들은 향기를 풍긴다. 벌레소리, 종소리, 따뜻한 밤 자동차의 불빛 ······.

한밤중 일어나 커피라도 한 잔 마셔보라.

지난 어느 하루의 여름 밤을 기억해 보라. 어디서인가 달려드는 색색— 하는 소리, 낯모르는 벌레들의 날개 부비는 소리, 가슴 서로 부딪는 소리 ······.

어디 숨어 있다가 저 벌레소리들은 달려오는 것일까.

벌레소리는 끊임없이 새벽의 벽들을 향하여 울고 있다. 그 벽들이 뿜고 있는 오만과 탐욕과 욕망의 환상을 향하여 울고 있다.

지극히 작은 것들의 이 세상을 향한 손짓같은 소리에 당신을 맡겨 보라. 그 소리에 감동하여 보라. 작은 것들의 작은 숨소리에 감동하여 보라.

　멀리서 들려오는 종소리 하나에 가슴 떨어도 좋다. 누구인가의 살에 닿았다가 튕겨져 오는 소리, 그 소리가 당신 집의 문을 밀고, 그래서 모든 벽들은 움짓움짓대며, 창들은 참지 못하고 창틀들을 밀어대는 소리를.

　창틀들이 참지 못하고 저의 유리의 눈들을 세상을 향하여 미는 소리를 …… 멀리서 들려오는 종소리 하나 …….

　지난 여름 나는 어떤 절에 갔었다. 마침 그 절에는 종루가 있었는데 대개의 종루들은 사람들이 올라가지 못하도록 울타리가 쳐져있는 것이 보통이었으나 거기의 것은 그렇지 않았다. 종루 한 쪽, 그러니까 계단이 있는 쪽은 울타리가 없었다. 나는 그 계단으로 가만히 올라가 보았다. 처음에는 그저 종을 좀 더 자세히 구경하고 싶은 것 뿐이었다. 그러나 계단을 다 올라서서 종을 자세히 보게 되자 나에게는 종을 한 번 만지고 싶은 충동이 일었다. 슬쩍 만져 보았다. 슬쩍 만지면서 손가락으로 종의 표면을 한 번 긁어 보았다. 아름다운 소리가 울렸다. 슬쩍 울리는 아름다운 소리 …… 그러자 나에게는 종을 한 번 쳐 보고 싶은 충동이 일었다. 종을 한 번 슬쩍 움직여 보았다. 아주 은은한 종의 목소리가 울렸다. 세상에 한 번 내 말을 전해 보겠다는 듯, 종은 아주 길게 울려 퍼졌다.

살짝 종을 한 번 더 울려 보았다. 세상이 다 그리로 빨려 들어가는 듯한 종소리. 누군가 잡아끄는 바람에 곧 그 종루를 내려오고 말았지만, 그 종소리 위를 밟고 가고 싶은 그런 은은한 욕망이 내 등 뒤에서는 계속 흐르고 있었다.

종루를 다 내려와 절의 조용한 방들을 발걸음을 죽이고 지나 오는데 한 방에서 말소리가 들렸다.

"쳐야 할 때 쳐야지."

나는 한 대 세게 얻어맞은 것 같았다. 그렇다. "쳐야 할 때 쳐야 하는 것이다." 우리들은 얼마나 "치지 말아야 할 때 종들을 치려고 하고 있는가. 또는 필요없는 〈소리—공해〉들을 만들고 있는가."

보이지 않는 것들의 향기를 맡아라.
들리지 않는 것들의 향기를 들어라.
너의 방을 보이지 않는 향기로 가득 채워라.

들리지 않는 것들의 향기로 너의 귀를 가득 채워라.

그날 저녁 나는 어딘가에서 돌아오는 길이었다. 교차로에 이르렀다. 꽤 넓은 교차로였다. 한 장애인이 길을 건너고 있었다. 그 장애인이 거의 횡단보도의 반밖에 오지 못했는데 신호등의 불빛은 깜박거리고 있었다. 차들은 출발 준비를 하였다. 어떤 차는 앞으로 조금 나가기까지 하였다. 그런데 그때였다. 한 대의 차에서 불빛이 환하게 켜졌다. 그 불빛은 장애인의 힘든 걸음을 환히 비추었다. 그러자 또 한 대의 차에서도 불빛이 켜졌다. 그러자 또 한대의 차에서도, 맞은 편에 서 있던 차에서도, 맞은 편 차의 옆에 서 있던 차에서도, 또 그 옆의 차에서도, 마치 그 횡단보도는 오페라 '토스카'의 무대 같았고, 나는 마치 그 오페라의 정겨운 아리아가 들려오는 듯한 착각을 느낄 지경이었다. 횡단보도의 불이 다시 빨간 멈춤의 표시로 바뀔 순간 한 아이가 뛰어오기 시작하였다. 그 아이는 맹렬하게 뛰어서 그 길을 건너고 있었다. 횡단보도의 불빛이 다시 빨간 불이 되고, 그럴 때까지도. 한 대의 차도 움직이지 았다. 그 아이가 무사히 다 건넌 다음에야 차들은 움직이기 시작하였다. 오페라 '토스카'의 무대는 움직이기 시작한 것이다. 주인공의 아리아는 저녁 하늘로 퍼져가기 시작하였다.
자동차의 불빛들은 따뜻하게 저녁 하늘을 향하여 빛나며 달
리기 시작하였다.

보이지 않는 것들의 향기를 들어라.
들리지 않는 것들의 향기를 보아라.
너의 방을 보이지 않는 향기로 늘 쓰다듬어라.
들리지 않는 것들의 향기로 너의 귀를 늘 일어서게 하여라.
지금 보이지 않는 모든 것, 세상에서 사라진 누군가들의
숨소리, 저 동산 길가의 무덤 속에 누워 있을 낯모르는 뼈,
그의 무명치마 …… 또는 〈그 사람〉의 가슴에 반짝이던 단
추 …… 잿빛 하늘에서 내리는 눈 속에 있는 것, 마른 새우깡
…… 의, …… 추억, 한 해의 마지막 무렵의 노을, 또는 다음
날 아침 뜨는 해, 또는 다음 해 첫날 아침 뜨는 해 속으로 날
아가던 새떼 …….

벌개져 오는 하늘 한 끝의 소리를 들어라.
새들이 모두 그쪽으로 날기 시작한다.
새들의 날개소리를 들어라.

새들의 울음소리가 지구를 들고 가는 걸 보아라.

너의 울음을 들고 가는 걸 보아라.

보이지 않는 것들의 진한 향기를

삶의 향기를 보아라. - 모든 부드러움이 마치 흐르는 물처럼 시간 속으로 달려들어가 세계의 틈새들을 막는 것을 보아라.

그
중국인 악사

어느새 한 해가 다 가고 있다. 지난 여름에는 가을이란 전혀 오지 않을 것 같더니, 지난 가을에는 겨울이란 도저히 오지 않을 것 같더니 …… 결국 올해도 크리스마스는 지나가고 연말이 되어 버렸다.

그 사람이 생각난다. 지난 가을 유난히 빨갛게 물든 담쟁이 넝쿨이 한창이던 때 만났던 사람이다. 오후 3시 무렵이었다. 나는 오후의 한적한 따사로움을 즐기려고 버클리 대학 청동문Sather gate앞 벤치를 향하여 가고 있었다. (그런데 「아이쿠, 이럴 줄이야……」), 학생들이 가득 교문 앞을 메우고 있었다. 그때였다. 무슨 '소리'인가가 내 옆을 스쳤다. 가는 노래 소리였다.

사람의 노래 소리는 아니고 …… 나는 '소리'를 따라 걸음을 옮겼다. 나의 걸음이 '소리의 벽'에 부딪혀 선 것은 어떤 할아버지 앞이었다. 악기의 모양을 보는 순간 나는 직감적으로 그가 중국인 악사樂士일 거라고 생각했다. 그 할아버지는 우리나라의 아쟁 비슷하기도 한, 줄이 두 개밖에 없는(아마 중국의 전통악기 얼후가 아니었을까 싶다.) 현악기를 열심히 켜고 있었다. 그것은 너무 낡아 곧 부서질 것 같았다. 눈을 감고, 거의 떨면서 활을 움직이고 있었다. 처음에는 장님인줄 알았을 지경이었다. 그 많은 학생들의 발자국 사이에서 그 할아버지는 거의 무아지경無我之境이었다. 먼지가 뽀얗게 앉은 오래된 중국의 전통화에서 금방 튀어나온 것도 같았다. '소리'는 마구 사람들 사이를 떠다니고 있었다. 나는 멍하니 그 옆에 멈추어 섰다. 그런데 나와 함께 멈추어 선 사람이 또 한 사람 있었다. 정확히 말하면 두 사람이었다. 중국인 여학생 한 사람과 그 여학생의 애인인 듯이 보이는 백인 남학생 한 명. 그 여학생은 그 할아버지에게 무어라고 말하였다. 아마 어떤 악곡을 주문하는 것 같았다. 그 할아버지는 다시 눈을 감고 빨간 뺨을 떨며 현을 켜기 시작하였다. 여학생은 그 앞에 서서 감격에 겨운 얼굴 표정으로 노래를 들었다. 거의 눈물을 흘릴 것 같았다.

그 백인 남학생은 주머니에서 일 달러 짜리를 꺼내고 있었고 …… 악곡이 다 끝났는지 할아버지는 눈을 떴다. 눈물이 그 렁그렁한 채 아쉬운 듯이 할아버지에게 무어라고 말하고 있 는 여학생을 백인 남학생은 거의 부축할 것처럼 껴안아 일으 켰다. 여학생은 자꾸 뒤를 돌아보며 남학생에게 거의 끌리다 시피 그 자리를 떠났다. 뺨이 빨간 그 중국인 악사 할아버지 도 오늘 일은 끝났다는 듯 주섬주섬 자리를 걷으며 일어섰다. 그들이 떠난 자리에서 노란 은행잎 한 장이 온몸을 비틀며 뒹 굴었다.

아마 그때 그 여학생은 고향의 노래를 들었던 것일 것이다. 아니면 사랑의 노래를? 아무튼 나는 노래의 힘에 대해서 새 삼 생각하게 되었을 뿐 아니라, 현대에 사는 사람들이 그리워 하는 것에 대해서 한참 생각해야 했다.

바람 하나가 창을 두드린다.

나는 그 바람에 올라앉기라도 하듯 중얼거린다. '올해도 교 만을 버리지 못했습니다, 이제 곧 버리리이다.'라고.

어머니의 편지

드디어 '책방'을 정리했다. 이사오는 날부터 정리하려고 했던 것이 어떻게 손을 대지 못하고 있다가, 이사갈 무렵이 되어버린 오늘 드디어 한 것이다. 그래도 아직 책장을 새로 더 사야 할 일이 남았다. 이제 겨우 분류를 하고 쌓아놓은 것이다.

그 정리를 하는 통에 아주 큰 수확 하나가 있었다.

옛날 편지가 나온 것이다.

하나 하나 읽어보다가 나는 돌아가신 어머니의 편지를 읽기 시작하였다. 아마도 내가 부산으로 삶터를 옮긴 그 즈음 보내신 것인 듯 하였다. 맞춤법도 띄어쓰기도 영 맞지 않는 어머니의 편지 …….

아마 그 편지가 왔을 때는 내가 이곳 부산에서 한창 교수 노릇을 하느라, 정신이 없을 때였던 것 같다. 그래서 서울 올라가는 대신 약(아마도 인삼이었지)을 부쳐드렸던 것 같다. 하지만 …… 생각해 보니 바쁘기도 하지만, 어머니의 편지대로 실은 어머니에게 원망이 있었다. 말하자면 딸 3형제의 맏이이던 내가 겪은 불만들 …… 조선시대의 가치관에 투철히 물들어 계시던 어머니는 딸인 내가 무엇인가를 한다는 사실을 참을 수 없어 하셨던 것 같다. 일찍부터 '선'을 보았던 것을 보면 …… 막내인 남자동생에게 모든 희망을 거시는 모양은 늘 나를 슬프게 했다. 나도 잘 할 수 있는데 ……!

나는 어느 날 부터인가, 글을 쓰기 시작했다. 그런데 그것이 또 문제였다. 어머니는 글을 쓴다고 내가 방바닥에 엎드려 있는 것을 가장 못마땅하게 여기셨고, 그래서 나의 글쓰기는 몰래몰래 이루어질 수밖에 없었다. 밤 1시에도 내 방 문을 열고 후닥닥 들어오셔서는 내 방의 불을 꺼버리시던 어머니 …… 내가 신문에 실린 문학기사를 스크랩할라치면 왜 그리 신문지를 '쏠아놓느냐고'(쥐처럼 말이다.) 화를 벌컥 내곤 하시던 어머니 …… (왜냐면 어머니는 신문지를 모아 팔곤 하셨는데, 그때마다 그 넝마 아저씨에게 잔소리를 들었기 때문이다. 온전한 신문지를 가

져오라고 말이다.) 아뭏든 그런 여러 가지 일로 나의 심리적 정황은 "어머니의 인정"이 가장 필요한 절박함에 늘 놓여 있었다. '어머니가 인정해 주신다면 …….' 그러다가 나는 취직을 계기로 서울을 떠나버렸던 것이다.

그런 어머니가 드디어 편지를 하신 것이다. '한국의 시인–강은교 편'이라는 1시간짜리 프로그램이 어떤 TV방송을 통해 방영된 다음에. "은교는 성공했다"라고 말씀하셨다고 동생이 전해 주었다. TV출연이 성공인줄 알고 계셨던 어머니 ……!

그런데, 나는 요즘 나의 '문학하기'가 어머니의 힘이었음을 새삼 깨닫곤 한다. 나는 문학을 가르치면서 문학의 동기라든가 계기로 결핍, 장애 …… 같은 것을 이야기하게 되고, 결국 그런 것들 때문에 우리는 무엇인가를 끄적인다, 또는 그런 것에 반항한다고 말하곤 하는데, 그런 심리적 힘을 준 사람이 나에게 있어선 어머니였던 것이다. 어머니는 나에게 문학의 힘을 주셨던 것이다.

나의 어머니는 시골스러웠다. 그러나 도시스러운 내가, 맞춤법도 더 많이 아는 내가 삶에 대해 어머니보다 무얼 더 알게 되었는지 …… 이제 어머니의 나이가 된 나,

그 어머니 – 지금은 어디 계실까.

비 오는 창밖을 내다 본다. 참, 비도 잘 온다. 비를 맞고 있는 바다는 온통 컴컴하다. 배수구로 물이 밀려 내려가는 소리가 쏴쏴거리며 들려온다. 세상이 잠시 그 소리로 출렁거리는 듯도 하다. 바다 위를 바라본다. 혼들은 정말 모두 어디 계신 것일까.

존재는 아무 의미도 없는가, 어머니는 그저 추억인가, 아니면 질 들뢰즈의 표현대로 상상일 뿐인가 …… 아, 어머니여, 우리여, 나의 딸이여 …….

옥수수의 춤, 물의 춤

비가 후두둑 후두둑 떨어지고 있었다. 천정에 부딪히는 빗소리는 나를 한없이 깊은 옛이야기 같은 세계 속으로 들어가게 하고 있었다. 유난히 아름다운 빗소리였다. 그러더니 어느 순간에서부턴가 빗소리는 주룩주룩하는 소리로 변했다. "비가 꽤 많이 오는가 보군 …… 고랑을 파놓기를 잘했지." 옆에서 중얼거리는 소리가 들려왔다.

그때였다. 누구인가 뛰어들어왔다.

젊은 남녀였다.

"여기 있어도 되죠?"

젊은 남녀는 비에 흠뻑 젖은 채 텐트 한 구석으로 머뭇머

뭇 걸어갔다.

"비가 그렇게 많이 와요?"

"네, 우리 텐트는 물이 마구 들어와요, 다 찢어졌어요 ……
흑흑흑 ……."

학생으로 보이는 두 남녀는 특히 그 중 여학생은 흑흑 느
껴 울기 시작했다.

"우리도 괜찮을까?"

텐트 문이 또 한 번 두들겨졌다.

남학생 두어 서넛.

비에 흠뻑 젖어 있었다.

"여기 좀 있어도 됩니까? 우리 텐트가 물에 휩쓸려 가서
요."

조금 있으니 또 한 무리의 등산객들.

텐트 안은 꽉 차기 시작했다. 왜 모두 우리 텐트로 몰려오
는가 하면 우리 텐트는 커다란 몽고 텐트였기 때문이다. 텐트
를 들치고 바깥을 내다보니 칠흙같은 어둠 속으로 아무 것도
보이지 않았다. 빗줄기밖에는.

나는 자는 것을 포기했다. 우리는 모두 일어나 앉았다. 이
제 겨우 다섯 살 된 딸 아이도 일어나 칭얼거리고 있었다.(딸

아이가 다섯살이었다니. 참 젊기도 한 때였다.)

"조금만 참아라. 곧 새벽이 밝을 거야."

나는 아이를 달래면서 계속 이렇게 중얼거리고 있었다.

그러나 새벽이 되어도, 바깥이 훤히 밝아오기 시작해도 빗줄기는 가늘어지는 눈치가 없었다.

그러다 아주 날이 훤해졌을 때에야 빗줄기가 조금 가늘어지기 시작했다. 바깥을 내다보니 정말 밤새도록 비가 많이도 내렸나보다. 말하자면 지형이 바꾸어져 있었다. 우리가 텐트를 친곳만 빼꼼히 남아 있었다. 그 외에는 전부 물이었다. 콸콸콸 하면서 물이 내려가고 있었다. 바위에 이리저리 부딪히면서 물은 내려가고 있었다.

건너편 땅 위에서 마을 사람들이 소리를 지르고 있었다.

"괜찮아요요요 ······?"

"네 ······."

"조금만 참으세요 ······ 자 여기 밧줄을 던집니다 ······."

굵은 밧줄이 던져져 왔다.

"자, 아주머니부터"

나는 밧줄에 아이를 안고 매달렸다.

"아니 안 되겠습니다. 아이는 던지세요. 자, 잘 던지세요."

"아유, 어떻게 아이를 던져요? " 나는 우는 아이를 안고 머뭇거렸다.

"자, 괜찮아요. 우리가 잘 받을게요. 자 ……."

누군가 아이를 내 손에서 빼앗았다. 그리고 힘껏 던졌다.

이런 일에는 익숙한 듯 동네 아저씨는 아이를 덥썩 받았다.

"자, 그 다음에는 아줌마 ……."

나는 줄에 매달렸지만, 내 실력으로는 바위를 건너 뛸 수가 없었다.

"겁내지 말고 …… 힘껏 뛰세요오 ……."

나는 눈을 감고 힘껏 뛰었다. 그러나 내 몸은 저편 땅위에가 닿지 않고 계곡으로 떨어졌다.

나는 힘센 물살에 떠내려 가기 시작했다.

"어— 어— 어 밧줄을 잡으세요."

나는 정신없이 밧줄을 잡았다. 나는 끌어당겨졌다.

저편 땅위에 올라왔을 때는 나는 내 정신이 아니었다. 나는 정신없이 땅 위로 기어올라갔다.

이윽고 땅, 흙이 손에 만져졌다. 정말 부드러운 흙이었다.

그 뒤 차례차례로 젊은 남녀, 등산객 …… 들이 밧줄을 잡고 바위를 건너 땅으로 올라왔다. 모두 물투성이가 되어서.

땅위에 올라와 계곡을 보니 물이 그렇게 힘차게 흘러갈 수가 없었다.

아직도 비가 오고 있었으므로 우리는 모두 비에 흠뻑 젖은 채 서로를 바라보았다.

마을로 내려오자, 마을 아저씨는 옥수수를 하나 권했다. 김이 폴폴 오르고 있는 찰옥수수를 먹으며 나는 뜰앞에서 출렁거리고 있는 옥수수를 바라보았다. 참으로 아름다왔다. 아, 그것의 맛은 또 얼마나 기막히던지! 도시의 시장에서 팔고 있는 그런 옥수수가 아니었다.

그 맛있는, 김이 오르고 있는 찰옥수수를 먹으면서 나는 우리가 잃어버린 많은 것을 생각하지 않을 수 없었다.

우리가 잃어버린 것들은 얼마나 많은가. 저 공기며 저 옥수수의 춤이며 나뭇잎에 또는 바위에 떨어지는 빗소리, 빗방울, 그러한 빗방울들이 모여 힘차게 흘러가는 냇물소리, 빗방울들이 아무리 고여 있어도 곰팡내라든가 그런 이상한 냄새는 전혀 없는, 맛있는 숲, 숲의 모든 것들 …… 집앞에는 벌집이 잔뜩 비를 맞은 채 하늘을 올려다 보고 있었다.

…… 물이 불어난 시내에서 비스듬한 언덕을 타고 물이 돌

진하며 떠들썩하게 굽이쳐 내려가는 광경은 보기만 해도 놀랍다. 마치 30분이면 모든 것을 고갈시켜 버릴 듯 아낌없이 쏟아내는 물의 환희와 그 휘몰아침! 어떻게 그렇게 자기 몸을 다 써 버릴 수가 있는지!

나는 웅변가와 시인에게 물을 쏟아내는 시내처럼 정말 아낌없이 자유롭게 말을 토해 내라고 말하고 싶다. 여기서 나는 '아낌없이'라는 말의 근원을 보는 듯 하다. 그것은 원천이 고갈될까봐 두려워하지 않기에 아무리 가파른 절벽에서도 뛰어내리기를 주저하지 않으며 떨어질 때는 천지를 진동시키듯 포효한다. 조금만 경사가 져도 거침없이 흘러내리는 물! 그것은 흐르면서 더욱 속도가 붙는다.

[H.D.Thoreau(강은교 옮기고 엮음), 『소로우의 노래』 중에서]

그렇다, 물은 정말 어떻게 그렇게 아낌없이 자기를 줄 수 있을까.

나는 나에게 속삭인다.

〈물처럼 주어라, 아낌없이 자기를 던지는, 그런 물처럼 주어라.〉라고.

좀 구겨진 옷

나를 편안하고 자유롭게 하는 것 중의 하나, 좀 구겨진 옷. 구겨짐은 부드럽다. 새로 말끔히 다려진 옷보다 군데 군데 — 물론 보이지 않는 곳에, 아니 나만이 아는 곳에 나만이 아는 얼룩도 있는 — 어딘가 말끔하지 않은 듯 보이는 옷. 그 얼룩은 낯익다. 낯익어 나를 편안하고 자유롭게 한다.

나를 편안하고 자유롭게 하는 것 중의 하나, 행복이 넘치는 듯, 말쑥한 사람보다는 어딘가 좀 불편한 곳이 있는 사람.

그 사람과 나는 차를 마시고 있었다. 그 사람은 나에게 무엇인가를 해 달라고, 열심히 나를 설득하는 중이었다. 나는 이럴까, 저럴까 하고, 망설이고 있었다. 그래서 다음의 다른 기회를 약속하며 자리를 일어섰다. 나는 그 사람이 먼저 일어서기를 바랐다. 왜냐하면 누가 내 '뒷모습'을 보는 것이 영 마음 내키지 않았기 때문이었다. 왜냐하면 나는 기분이 좋지 않은 날이면 다리를 좀 저는 버릇이 있는데, 그날따라 그랬었기 때문이다. 그런데 그도 일어서지 않으려고 하였다. 그러나 내가 일어서지 않자, 할 수 없다는 듯 먼저 자리에서 일어섰다. 그런데 놀랍게도 그 사람은 한쪽 다리가 불구였다. 자리에 앉아 있을 때는 전혀 몰랐었다. 더구나 얼굴도 건강하고 표정은 명랑하였을 뿐 아니라, 운동선수 스타일의 건장한 체격을 하고 있었으므로, 다리가 불편하리라곤 전혀 생각도 하지 않았기 때문이었다. 그는 다리를 질질 끌면서 앞장섰다. 순간 나의 마음은 아주 편안해졌다. 우리는 큰 소리로 웃으면서 헤어졌다.

나를 편안하고 자유롭게 하는 것 중의 하나, 좀 흐트러진 집안 풍경, 흐트러짐은 편안하다.

약간 흐트러진 의자, 약간 고물이 된 팔걸이, 그런 것은 나에게 편안함, 자유 그런 것을 준다.

그곳에는 30년 전의 의자가 그대로 있었다. 그곳의 마루는 30년 전이나 똑 같았다. 30년 전의 삐꺽거리는 계단도 꼭 마찬가지고. 나는 대학교 시절의 한 친구를 만나고 있었다. 그곳을 제안한 사람은 나였다. 그 거리에서 만나자니 아는 곳도 없고 해서 예전 대학시절에 잘 가던 그곳을 정한 것이었다. 이제 머리가 희끗희끗해진 그 친구는 아주 빳빳한 양복에 넥타이까지 착용하고 나타났다. 우리는 서로 과시했다. 옛날 이야기도 하고, 요즘의 아이들의 버릇에 대해서도 야단치면서, 요즘 정치에 대해서, 또는 정부가 되어 가는 꼴도 걱정하면서 …… 어떤 호텔의 음식이 어떻다든가, 외국의 어떤 공항에는 무엇이 있다든가, 뭐 그런 이야기들을 ……. 그러는 순간, 어떤 이야기 때문이었을까, 나는 그의 이야기를 열심히 듣고 있는 자신을 발견하였다.

"…… 나는 한때 권총을 옆에 놓고 자기도 했어요. 언제 그놈들이 들이닥칠지 몰라서 …… 지옥 같았어요 ……."

한 구석 실밥이 조금 틀어지고 그 틀어진 곳으로 쇼파 속의 그 무엇이 보이는 듯한, 푸른 색깔도 조금 바랜 듯한 그 찻집 낡은 의자에 기대어 몸을 뒤척여대면서 그의 이야기를 듣던 나는 아무래도 낯설던 그가 갑자기 아주 낯익어지는 듯한, 그래서 아주 오랫동안 만났던 듯한 느낌을 받았다. 그가 말하는 그 '상처'에 나를 마구 문대고 싶은 충동을 느낄 정도로. 매일 '외국'이나 다니는 그가 아니었던 것이다. 그렇게 상처가 많았던 것이다. 마치 내가 그동안 상처가 많았듯이 ……. 우리 모두 상처가 많아지면서 삶이라는 들판을 건너가는 것이듯이.

나를 편안하고 자유롭게 하는 것 중의 하나, 약간 세련되지 못한 것, 약간 유치하나 열심히 격식을 차린 것.

수를 놓은 그 자그만 보자기는 언제 보아도 유치했다. 거의 원시적이기까지 한 것이, 나의 여고시절의 교실을 떠오르게 했다. 왜냐하면 그 보자기의 수는, 수를 놓는 연습을 하던, 나의 여고시절 수준이기 때문이었다. 그것은 남미 과테말라의 어느 작은, 시골 비행장에서 3불인가를 주고 산 것이었는데 빨간, 파란색의 털실 꽃나무 네 그루가 보자기 귀퉁이마다, 그러니까 네 귀퉁이에 아프리케로 유치하게 수 놓여져 있었고, 가운데는 빨간 털실의 새 한 마리가 나뭇잎 위에 앉아 있는 모습이 수 놓여져 있었다. 보자기의 가장자리는 역시 초록색 털실로 서툴게 수놓여져 있었고. 게다가 면인 그 보자기는 아무리 다림질을 하여도 후줄근했다. 그래도 아무튼 귀한 것이라. 그것으로 집안 물건 중의 어느 것인가를 덮어놓으려고 시도하였지만 텔레비전, 비디오, 오디오, 스카이 라이프 기기 …… 등 나의 물건들에 그것은 영 어울리질 않았다. 도대체, 나의 살림살이들은 너무 세련되어 있었다. 너무 현대적이었다. 그런데 왜 그 보자기를 들여다보고 있으면 마음이 푸근해질까. 비문명의 문명 …… 그런 것이 바로 이런 것일까?

나를 편안하고 자유롭게 하는 것 중의 하나, 약간 서툰 사람, 약간 어눌한 그 사람의 목소리. 느릿느릿한 말투.
느림은 가끔 참 아늑하다.

'나무늘보'를 아세요? 굉장히 느린, 잠만 자는 동물인데 …… . 그것이 이 생존경쟁의 지구에서 아직 멸종되지 않은 이

유가 무엇인지 아세요?. 글쎄요 ……. 너무 느리다 보니까 전혀 표적이 안되는 겁니다. 한구석에서 잠만 자니까요 ……. '나무늘보'는 나무에서 자다가 떨어져 죽을지언정 사냥으로 … 음… 음… 사냥의 타겟이 되어 죽지는 않는다니까요 …… .

그의 목소리는 느릿느릿 벽을 타고 기어올랐다. 그 느림에 참을 수 없어 거의 감겨지던 나의 눈이 나도 모르게 반짝 떠졌다 ……. 우리도 그런 지혜가 필요하지 않을까요? 너무 똑똑하고 빠른, 성급하고 재빠른 사람들 사이에서 말입니다,

그날은 날씨도 마치 '나무늘보' 처럼 적당히 흐리고 어두웠다.

나를 편안하고 자유롭게 하는 것 중의 하나, 너무 눈부시게 맑은 날보다는 약간 어둡고 흐린 날, 흐림은 간혹 따뜻하기조차하다.

그러니까 눈부시게 맑은 날은 불안하다. 불안해서 조바심이 난다.

그런 날은, 내 뇌혈관의 실핏줄도 보일 듯하다. 늘 나를 혼수상태에 빠트릴 준비가 되어 있는 내 실핏줄들 …… 햇빛이

반짝거리며 쏟아지는 창틀을 보면 먼지들이 가득 모여 앉아 있는 것도 보이고 ······.

일센티미터씩 어두워라. 일센티미터씩 서툴러라. 일센티미터씩 어눌하라. 일센티미터씩 촌스러워라. ······ 일 센티미터씩 느리게 가라.

너무 청아한, '파가니니'의 바이올린보다는 '바흐'의 첼로를 ······, 아니, 가끔은 뽕짝 가요도 좋다. 그런 것을 들어라.

나를 편안하게 하는 것 중의 또 하나, 박물관 ─ 거기 엷은 조명 밑에 다소곳이 앉아 있는 흙그릇들, 옥목걸이들, 뼈바늘, 또는 청동숟가락들, 청동거울들, 조개 단추들 ······ 그것들 뒤에서 누군가 움짓거린다. 실루엣이 된다. 우리는 모두 실루엣이 된다. 다정한 사물의 배경이 되어 불빛 밑에 흐리게 흐른다.

편안함은 우리의 피를 결국 따뜻하게 흐르게 하리라. 편안함은 곧 따뜻함을 우리에게 선물하리라. 따뜻함은 결국 우리에게 꿈을 주리라. 꿈을 잃어가는 우리에게 별을 주리라. 하느님처럼. 너무 쓰다듬어 한쪽이 닳은 별이라도.

별이 가득 둘러서 있는 어둠의 창틀, 그 창틀을 통하여 우리는 보다 깊은 어둠의 심연을 들여다보게 되리라. 생명스럽게 되리라. 결국 사랑하게 되리라.

젖어라, 비에

비에 젖는 것들을 꼽아본다. 나의 살, 나의 옷, 나의 무덤, 나의 집 벽, 나의 집 지붕, 나의 집 창, 나의 집 난간, 길, 신호등, 비오는 날의 우산, 모래밭, 정거장, 달리고 있는 버스, 향기 – 비에 젖어 힘들게 일어서는 향기, 모든 누워 있는 것들이 일어선다 …… 침묵, 강, 바다, 서있는 나무.

비에 젖지 않는 것들을 꼽아본다. 나의 뼈, 나의 심장, 나의 콩팥, 나 – 우산을 쓴 나, 나의 피, 안방 벽, 계단, 엘리베이터, 나의 뇌 – 우산을 쓴 나의 뇌, 우산을 쓴 나의 손톱, 지하철, 잘려진 팔이 지하창고에 들어간 나무 …….

신호등은 젖으나 신호등의 눈은 젖지 않는다. 넝쿨장미는 젖으나 넝쿨장미의 피는 젖지 않는다. 비는 시간이다. 비는 죽음이다, 죽음인 비는 생명이다, 생명인 비는 하느님의 손이다, 하느님의 손등에 돋은 솜털이다. 비 속에서 모든 것은 만나고 있다 ……. 시간과 만나고 있다. 시간의 얼굴은 동그랗다, 아니다 – 네모이다, 아니다 – 세모이다, 아니다 – 부정형이다.

우리는 모두 시간과 만난다. 우리가 시간과 만날 때는 모두 어깨를 구부린다. 어깨를 구부리고 시간에 용서를 구한다.

그 여자와 그 남자도 시간에 용서를 구한다. 사랑과 후회와 연민과 절망으로, 결국 희망으로 얽힌 그 사람들 …….

비를 맞는다 ……, 세상의 모든 알들은 비를 맞는다. 줄탁 – 알 속에 있는 새와 알 바깥에 있는 어미 새의 껍질을 사이에 둔 만남 …… 모든 만남은 비를 맞는다 ……. 모든 껍질들은 모든 안을 보호하며 비를 맞는다. 모든 형식들은 모든 내용들을 보호하며 비를 맞는다. 겉은 젖으나 안은 젖지 않는다. 형식은 젖으나 내용은 젖지 않는다. 시간은 젖으나 역사는 젖지 않는다. 신라도 조선도 식민지도 젖지 않는다. 달리는 것은 젖지 않는다.

비에 젖는 것들은 생명이 있는 것들, 꿈꾸는 것들, 살아있는 것들, 사랑하는 것들이다. 비에 젖지 않는 것들은 생명이 없는 것들, 꿈꾸지 않는 것들, 사랑하지 않는 것들 …… 죽은 것들이다. 젖어라, 비에.

레
베
카
의

낙
서

그 나무부터 가 본다. 홍콩 야자와 벤자민이다. 어느 날엔
가 나는 그 나무의 벌레먹은 잎들을 골라주기 시작했다가 거
의 전부 잘라버리게 되었었다. 왜냐하면 그동안 바쁘다는 핑
계로 오며가며 소독약만 쳤었는데, 의외로 나무 전체가 병들
어 있었기 때문이다. 마음을 강하게 먹고 벌레 먹었구나, 싶
은 잎들은 가차없이 잘라버렸다. 그러다 몇 안 남은 잎 사이
로 바다가 보이게 되자, 더 이상 잘라버리면 남을 잎이 없겠다
싶어, 잎을 닦기 시작했던 것이다. 벌레똥이 보인다 싶으면 의
자를 놓고 올라가 물걸레로 닦아주었다.

벌레똥들은 떨어졌다. 잎이 원래의 초록색을 회복했다. 그

러던 어느 날 새벽, 나는 의자를 놓고 올라간 홍콩야자 키큰 나무에서 속속들이 아기 손가락같은 새 잎들이 솟아나오는 걸 발견했다. 바다를 배경으로 한 그것들은 정말 아름다왔다. 벤자민에게서도 자른 가지 끝마다 새 연록색 잎이 솟구치고 있었다. 정말 예뻤다. 한 잎씩 만져 주면서 "수고했네, 수고했어"라고 속삭여 주었다.

벤자민 잎을 닦자니 거기 잎을 거의 다 자른, 그래서 휘언해진 가지에 걸어놓은 종이 땡그랑하고 흔들린다. 땡그랑, 땡그랑 …… 레베카의 기도가 들려온다. 무수한 사람들의 기도가 들려온다.

모자람이 많은, 벌레가 많이 매달리고 있는 가난한 잎들의 간절한 기도들이.

어느 날 우연히 보게 된 레베카의 낙서

하느님, 도와주소서--

제가 나태해 질 때마다, 친구를 생각하고 좀더 치열하게 갈구하는 치어稚魚처럼 삶을 꾸리도록 해주십시오.

곧 즐거운 밥벌이를 하리라는 각오를 다지게 해주십시오

……

지금 시간이 더없이 감사하며 황금같이 소중함을 다시 한 번 되새기게 해주십시오.

하느님이 제게 주신 이 몸과 머리는 쓰고 또 쓰라고 주신 것입니다. 게을러지지 않고 잘 아낌없이 쓰도록 해 주십시오.

고인물은 틀림없이 썩고, 가만히 있기만 하면 아무 일도 일어나지 않습니다.

…… 모자란, 결핍있는 연어의 치어들만이 넓은 바다로 나간다는 사실을 알고, 제 모든 상황이 한없이 기쁘도록 해 주십시오.

당신은 꼭, 제 재능이 쓰일 데를 주셨을 것입니다.
그것이 올바르게 쓰일수 있도록 ……

가끔 느리게 가고 싶다

수평선은 멀리 누운 채 끊임없이 무엇인가를 보내오고 있
는 듯했다.

말하자면, 바다의 '속도'이다. 줄기차게 줄기차게 ― 끊임없이
끊임없이, 그러나 천천히 천천히 백사장 끝으로 보내져 오는
파도들.

현대의 속도라는 것에 대해 생각한다.

그러자 하나의 광경이 떠오른다.

샌프란시스코의 명물, 케이블카이다. 좁은 길을 더욱 좁게
만들고 있는 그 케이블카, 거리 가득 주차되어 있는 차들 사
이에서 끽끽거리며, 헉헉거리며 언덕을 기어 올라가는 그 케

이블카, 출발지점 또는 종착지점에서 케이블카를 어깨로 밀어 회전시키고 있는, 체격이 좋은 백인, 또는 흑인, 멕시코인 …… 운전수들, 연인들, 여행객들 …… 사람들 사이를 비집고 다니면서 표를 받는 마음씨 좋을 듯한 그 매표원 아저씨 …… '이제 언덕으로 올라갑니다!' '이제 밖을 보세요!' 하고, 그 원시적인 운송수단의 운전수가 케이블을 힘주어 움직이면서 외치면, 이리 기웃둥 저리 기웃둥 하면서도 '와-' 하고 즐겁게 소리치는 승객들 …… 왜냐하면 케이블카가 뒤뚱거리며 언덕을 다 올라가자 파아란 바다가 눈 앞에 나타났으니까 …… 거기도 수평선은 모든 것을 받아줄 듯이 아니 보내 줄 듯이 누워 있었다.

아뭏든 지도상으로 보면 첨단의 과학을 자랑하는 '실리콘밸리'가 바로 옆 동네에 있는 샌프란시스코에 그런 원시적인 운송수단인 케이블카가 종을 울리며 다닌다는 사실은 그것이 비록 관광객을 위해 운행되고 있다고는 하되 기가 막히게 빠른 현대의 속도들 사이에서 '가끔은 느리고 싶은' 인간의 '속도'에 대한 마음을 보여주는 것이라고나 할까?

'문명의 발달은 무수한 속도를 우리에게 제공했다. 우리의 문

명이란 어떻게 보면 자꾸 빨라지는 속도에 자기를 맞추는 것과
그렇게 하지 못하는 것들로 나눌 수 있다.'

　요즘의 나의 글 중에서 뽑은 한 귀절이다. 그러한 〈속도〉
는 버림을 필연적으로 수반한다. 빠르지 못한 것은 버릴 수
밖에 없다. 수많은 것들이 오늘 헌것이 되어 쓰레기장에 쌓이
고 있다.
　자연주의 문명 비평가라고 할 수 있는 헨리 데이비드 소로
우가 쓴 글 속의 다음과 같은 한 귀절은 그러한 '생명사랑'의
속내를 잘 보여준다.

　오늘 오후 페어 헤이븐 언덕에 서 있을 때, 톱질하는 소리가
들렸다. 곧 이어 절벽에서 2백 미터 정도 떨어진 곳에서 두 남자
가 장대한 소나무 한 그루를 톱질해 쓰러뜨리고 있는 것을 보
았다. …… 나무는 얼마나 천천히, 그리고 장엄하게 쓰러지기 시
작했던가? 오로지 여름의 미풍에만 흔들린다는 듯, 한숨 한 번
내쉬지 않고, 대기 속의 제자리로 돌아가고 싶다는 듯이 ……

[H.D.Thoreau(강은교 옮기고 엮음), 『소로우의 노래』 중에서]

197

아침이 푸르게 밝아온다. 그렇다. 가끔 좀 느리게 가고 싶지 않은가. 그러면서 자기의 발자욱을 돌아 보고 싶지 않은가?

5
—

얼굴들

캘리
포
니
아
의
바
늘

내 앞에는 지금 7개의 바늘이 든 바늘 세트 하나가 있다. 아주 굵은 바늘에서부터 아주 가는 바늘에 이르기까지, 그 중 두 개는 활처럼 구부러져 있다. 굵은 바늘도 좀더 자세히 묘사하면 이불 꿰매는 바늘에서부터 그 다음 굵기의, 약간 휘어졌으며 날개처럼 양옆이 조금 튀어나온 바늘 등 …… 갑자기 무슨 바늘 이야기이냐구? 그렇지만 그 이야기를 나는 꼭 하고 싶다. 나는 이 바늘들을 이곳 수퍼마켓에서 발견하고 얼른 샀다. 하긴 나는 가는 바늘 한 개만이 필요했었지만 그런 것이 없었다. 여러 개의 크기가 다른 바늘이 같이 들어 있는 것밖에 없었다. 바지단이 떨어진 채 여러 날이 되었었기 때문이다. 바늘 옆에는 온갖 색깔의 실들이 실패에 얌전히 감겨 있는 실 세트들이 가득 걸려 있었다. 나는 바늘의 숫자가 가장 적은 바늘 세트 하나와 가장 수수한 색깔의 실들이 감겨 있는 실패 세트, 그 두 가지를 샀다.

그런데 오늘 아침 바지단을 꿰매다가 나는 문득 굵은 바늘로 꿰매야 할 곳이 생각났다. 가방이 떨어져 쟈크를 열 수가 없었던 것이다. 그래서 '얼마 쯤 쓰다가 버릴 수밖에 ……'라고 그동안 생각했었는데 마침 이렇게 굵은 바늘이 생겼으니 한번 써보아야지, 라고 생각하게 된 것이다. 그런데 시작하고 보니 그 굵은 바늘은 이불 꿰매는 바늘이 아니라 가죽 꿰매는 바늘이었다. 가방의 가죽이 너무 부드럽게, 잘 꿰매지는 것이었다. 이불 꿰매는 바늘은 다른 것이었다.

나는 아주 근사하게 가방을 고쳤다. 포기했던 가방이었는데 …… 그러고 보니 버클리 여기에는 그런 「수선하는 도구」들이 참 많다. 그냥 버리는 게 나았을 가방 …… 정말 너무 쉽게 버리면서 살고 있다. 그러다 보니 인생들도 쉽게 버리는 일들이 사방에서 벌어지는 것은 아닐까? 자기가 만든 삶의 「그림자」들도 너무 쉽게 버리는 것은 아닐까?

우리의 헌 데가 많은 삶들, 그것들을 늘 꿰매며 수선하는 바늘을 가진다면? 자기의 삶의 헌 데 뿐만이 아니라 타인의 헌 데가 많은 삶까지도 껴안아 수선하는 그런 '사랑법'의 바늘을 가진다면? 캘리포니아의 눈부신 햇빛 밑에서 잠시 해본 생각이다.

얼굴들

1_

오늘 아침 그 노부부 ─ 아니 어머니와 아들을 또 만났다. 아들인 할아버지는 다리가 불편해 보정기를 질질 밀면서 걷고 있는 어머니인 할머니의 뒤를 천천히 따르고 있었다. 어머니인 할머니는 보행기를 앞으로 앞으로 움직이며, 천천히 천천히 나아가고 있었다. 엘리베이터를 타는 데도 한참 걸렸으나, 그래서 뒤에 서 있던 나는 참을 수 없었으나, 그 할머니의 뒤에 똑바로 뒷짐을 지고 서 있는 아들인 할아버지를 보면 도저히 짜증을 부리며 앞으로 나설 수가 없었다. 그들을 비켜

가면서, 나는 그들이 모자라든가 또는 부부가 아니라 형제이리라는 생각을 하였다. 눈부신 여름날 아침, 그 노 모자를 지나치면서 나는 나를 보았다. 나의 미래의 어떤 모습을, 그들처럼 아름다울 수 있을까. 아름답게 세상을 밀 수 있을까.

2_

가끔 새벽에 일어나 어둠을 들여다 보노라면, 그 사람은 과연 어떻게 생겼었을까, 하는 의문을 자아내게 하는 얼굴들이 있다.

그 첫 번째 얼굴, 〈월명月明〉: 〈월명〉은 『삼국유사』에 나오는 인물이다. 향가에 대한 글을 찾아 읽다보면 그가 등장하는 부분을 자주 읽게 된다. 「도솔가」와 「제망매가」는 〈월명대사月明大師〉의 유명한 향가이다.

생사의 길은
이에 있으매 저이어서
나는 간다는 말도,

이르지 못하고 가버리는가

어느 가을 찬 이른 바람에
이리 저리 떨어진 나무잎처럼
한 가지에서 떠나선,
가는 곳 모르는고나.
아아,
미타찰에서 만날 것이니
나도 닦아 가리이다.

그런데 내가 〈월명〉의 얼굴을 어둠 속에서 들여다 보게 되는 이유는 위에 쓴 향가가 좋아서 때문이기도 하지만, 또 하나의 중요한 이유는 그가 불었다는 피리 때문이다. 『삼국유사』엔 「제망매가」의 소개로 이런 글이 씌어 있다.

월명은 늘 사천왕사에 거하면서 피리 불기를 좋아하였다. 일찍이 달밤에 피리를 불며 문앞 한길을 거닐 제 달이 그를 위하여 멈추었으므로 그 길을 '월명리'라고 하였고 월명 또한 이로 인하여 이름을 나타내었다 ······.

도대체 피리를 어떻게 불었기에, 가던 달도 서서 길을 비추었을까? 피리는 전통적으로 세상을 명징하게 또는 평화롭게 한다는 암시성을 지니고 있다. 그렇게 피리를 불었던 사람, …… 그런 사람이 정말 그리운 이 세상이어서 그럴까 …… 〈월명〉은 어떻게 생겼었을까.

그 두번 째 얼굴, 〈소서로〉:

〈소서로〉는 여자이다. 그러니까 『삼국사기』라든가 『삼국유사』같은 정사正史에는 나오지 않는다. 그 이유는 글쎄, 그런 책들은 말하자면 남성지배이데올로기에 지배되고 있었으므로써, …… 일까? 아뭏든 신 채호는 『조선 상고사』에서, 그녀를 두 개의 나라를 세운 여자, 한국 역사에선 보기 드문 여자라고 말하고 있다. 그러니까 주몽의 애인으로서, 주몽과 함께 고구려를 세운 여자, 그러나 주몽이 고구려를 세운 후 정실부인이 아들을 앞세우고 나타나자, 대궐을 떠나 남하하여 또 하나의 나라 백제를 세워 스스로를 〈소서로 여대왕〉으로 칭하였다고 쓰고 있다. 그러니까 그 여자는 고구려와 백제, 두 나라를 세운 여자이다 ……. 정말 어떻게 생겼었을까.

그 세 번째 얼굴, 〈죽지랑〉

『삼국유사』의, '효소왕대孝昭王代 죽지랑竹旨郎' 조條.

…… 처음 순정공이 삭주 도독사가 되어서 장차 임소로 가려하니 때마침 삼한에 병란이 있으므로 기병 3천으로 호송하게 되었다. 일행이 죽지령에 이르니 한 거사가 고개의 길을 닦으므로 공이 보고 찬미하니 거사도 역시 공의 혁혁함을 좋이 여겨 서로 마음이 감동되었다. 공이 주거에 간지 한 달이 되어 꿈에 거사가 방으로 들어오는 것을 보았는데 한 집안 사람의 꿈이 똑같았다. 이상히 여겨 이튿날 사람을 시켜 거사의 안부를 물었더니 '거사가 죽은지 며칠이 되었다 한다.' 돌아와 아뢰니 꿈꾸던 날과 같았다. 공이 생각하되 거사가 우리 집에 태어날 것이라 하고 군사들을 보내어 고개 위 북 봉우리에 장사하게 하고 돌미륵 하나를 세웠다. 그 아내가 꿈꾸던 날로부터 태기가 있어 아들을 낳으니 이름을 죽지라 하였다. 자라서 벼슬에 나아가 유신공과 함께 부원수가 되어 삼한을 통일하고 진덕, 태종, 문무 신무의 4대에 재상이 되어 나라를 안정시켰다. 처음에 득오곡이 죽지랑을 사모하여 노래를 지었으니

간봄 그리매 모든 것사 설이 시름하는데,

아름다움 나타내신 얼굴이 주름살을 지니려 하옵네다.

눈돌이킬 사이에나마 만나뵙도록 (기회를) 지으리이다

랑郞이여, 그릴 마음의 너울 길이 다북쑥 우거진 마을에 잘 밤
이 있으리이까.

「제망매가」(『삼국유사』 소재)]

'지난 봄을 그리며 그 분과 함께 지나던 과거의 아름답던
옛일을 회상하나 님과 함께 지내던 그 아름답던 일은 다 지나
가고 지금은 다만 홀로 울음과 시름만 남았다'는 뜻, …… 득
오곡에게 있어 죽지랑은 절대적 또는 아름다운 존재였을 것
이다 …….

3

세상을 살다보니, 참 얼굴들이 많구나. 결국 비슷비슷한
얼굴들. 그 노 모자의 얼굴이란 어느 날 월명의 얼굴이며,
…… 소서로의 얼굴 속엔 앞집 아줌마의 얼굴, 또는 나의 얼
굴도 들어있는 것이 아닐까. 얼굴들을 생각하면서 '끊임없는

반복'을 생각한다. 이 끊임없는 반복, 변주變奏의 세상 ……
아, 이 가을 나의 얼굴은 또 어디 가서 다시 태어날 것인가.

아, 하느님은 나의 얼굴을 어디가서 다시 태어나게 할 것인가. 동방박사가 바라본 그리스도의 별이 어떤 마굿간으로 미끄러져 들어갔듯이 …….

옆집 사람

   '그 사람을 오늘 아침 나는 드디어 보았다. 뚱뚱하고, 배가 무척 나온, 그리고 대머리의 40대 남자였다. 순간 나는 그 사람이 아주 잘 아는 사람 같아서 웃으려고 하다가 말았다 …….' 메모첩을 뒤지다가 우연히 눈에 들어온 메모 귀절이다. 그러고 보니 그때의 상황이 생각난다.

   그 아파트는 꽤 오래된 목조의 건축물이어서 옆집 사람의 소리가 늘 들렸다. 코고는 소리, 샤워하는 소리, 걷는 소리, 문여는 소리, 어떨 때는 숨쉬는 소리, 전화하는 소리에 이르기까지.

   그 결과 며칠이 지나자 나는 샤워기의 물트는 소리가 들리면 밤 10시라는 사실을 알게 되었다. 그 사람은 아주 정확했다. 밤 11시면 분명히 코를 골았다. TV소리가 들리면 분명히 저녁 9시 ⋯⋯ 그러다 소리가 안 들릴 때면 소리를 기다릴 지경이 되었다. 샤워기의 물트는 소리가 들리지 않으면 '웬 일이지? 어디 갔나? 아마 고향에 간 게지?' 할 정도로. 그러니까 나는 나도 모르게 '그 사람'을 아는 듯한 착각에 빠져 버렸다고나 할까?

그러고 보니 학교에서도 그렇다. 연구실들에 들어가 버리면 일부러 만나지 않는 한 일 년이 다 가도록 못 만나는 선생님들이 수두룩하다. 오히려 서울가는 공항 터미널에서 만난다든가, 어디 회합에서 만난다든가, ⋯⋯ 그렇게 된다. 그런데 나의 연구실의 옆 방은 아주 독특한 웃음소리의 한 분이 살고 계시다. 옆 방에서 '그 웃음 소리'가 들려오면 나는 그 선생님이 학교에 나오셨다는 것을 알게 된다. 언제인가 한 학기도 다가던 무렵 그 분을 보았을 때, 나는 그 분의 작은 체구를 보고 새삼 놀랐다. 나의 착각 속에서 살고 계셨던 그 분은 그 웃음소리의 크기 만큼이나 '키가 크고 어깨가 아주 두꺼운 분'이었을 뿐 아니라 날이 갈수록 웃음소리를 더 많이 들을 수록 더욱 거인이 되고 있었던 것이다.

아무튼 현대의 우리 사회엔 그런 '착각 또는 착시 현상'들이 너무 많은 것 같다. 고독하면서 고독하지 않은 듯—한, 아니 그런 척, 단절되었으면서 단절되지 않은 듯—한, 아니 그런 척, 소외되었으면서 소외되지 않은 듯—한, 아니 그런 척 …… 개성적이 아니면서 개성적인 듯—한, 아니 그런 척, 부유하지 않으면서 부유한 듯—한, 아니 그런 척 …… 착각, 착시, 신비화의, 과시의 이분법적인 사고 현상들.

이 시대는 물질적으로는 분명 풍요해졌으나 그만큼 행복해지지는 않은 모양이다. 오히려 물질적 풍요는 개인들을 더 고독하게 만들었으며, 더욱 단절시켰으며, 착각, 착시 현상을 더욱 깊게 하였으며, 그 결과 개인을 더욱 소비자화—상품화시켰고, 그 현란한 불빛 밑에서 자꾸 죽고 싶게 만든다.

작가 김원우가 옮긴 허균의 산문이나 하나 읽어볼까?

…… 그는 끼니 때마다 걸식하였으며 돈을 얻으면 술을 사 마시고 취하여 돌아갔다가 낮이면 다시 나타나곤 하였다. 그러던 중 한 부유한 사람이 그에게 도포 한 벌을 주니 그는 기쁘게 사례하고 돌아갔다. 그러나 며칠 뒤에 다시 그를 만나보니 여전히 전에 입던 베옷을 입고는 말하기를 …… 내가 그전에는 암자

를 나오면 아무데서나 빌어먹을 곳이 있고 잠자리에 들어도 문을 잠그지 않았는데 도포를 얻은 뒤로부터는 그것을 입지 않고 나가면 마음이 항상 거기에 매여 편치 않았네. 그리하여 자물쇠를 한 개 사서 나갈 때면 방문을 잠그고, 혹 도포를 입고 나갔다가 밤에 돌아와서는 방문을 굳게 잠가 도둑을 방비하였네. 이처럼 며칠 동안을 악착같이 하다 보니 내 스스로 마음이 편치 못하였네. 오늘 우연히 도포를 입고 저자에 나갔다가 갑자기 이 도포 한 벌 때문에 마음이 그렇게 되었다는 것을 깨달았으니, 이야말로 크게 웃을 일이네. 마침 앞에 지나가는 한 사람을 만났기에 벗어서 그에게 주었더니 내 마음이 비로소 편하였네 ……

[작가 김원우가 옮긴 허균의 산문 중에서]

허균의 '도포 한 벌'은 바로 〈행복함은 물직적 풍요에서 오는 것〉이라는 착각의 토대가 되는 것일 것이다. 허균의 그 인물이 '도포 한 벌'을 벗어버리듯이 우리도 모든 착각, 착시 현상이 덕지덕지 붙은, 겉만 번쩍거리는 '도포 한 벌'들을 벗어버릴 수 있다면 한결 풍요해지지 않을까. 그러면 고독도 견디지 못하고 저리로 가지 않을까. 단절은 슬쩍슬쩍 어깨를 부딪히다가 기어코 손을 잡지 않을까. 그 손은 아마도 처음에는 차갑다가 나중에는 따뜻한 저 등불 같은 것이 되는 것이 아닐까.

리스트는 그의 중요한 교향곡, 단테 교향곡에서 지옥과 연옥 편은 썼으나, 천국 편은 못 썼다. 인간의 진정한 소통을 꿈꿀 수 없었던 리스트의 속마음 때문이었을 것이다.

〈금실로 수놓은 도포 한 벌〉이 우리의 뼈를 가리지 않는 곳, 그곳이 아마도 천국이리라. 거기선 아마도 우리의 인간관계들도 단절을 벗어나, 연결될 것이다. 저 하늘처럼. 내 뼈와 신경들처럼.

이 세상이라는, 혹은 삶이라는 시스템의 비결은 결국 〈연결〉이다.

나도 나무 한 그루 심고 싶다

유난히 나무들이 떠오르는구나.

며칠 전은 미국의 중요한 명절, '생스 기빙 데이'였단다. 아마 집집마다 외지에서 돌아온 식구들이 식탁 앞에 모여 앉아 있었을 것이다.

멍하니 창밖을 내다보고 있는데, 앞집 지붕 위에 몸이 아주 건장한 백인 남자 – 낡은 청바지에 팔꿈치를 기운 감색 잠바를 입고 있었다. – 가 올라가 장대로 마당의 나무를 흔들고 있었다.

마치 그동안 흔들리는 것을 잊기라도 했다는 듯, 아니면 갑자기 흔들리는 것이 생각이라도 난 듯 그 나무는 정신없이 흔들리더니 땅으로 풀썩, 가지 하나를 고꾸라뜨리며 내려 보냈다. 그 남자의 장대 끝에 달린 낫이 회색 하늘을 배경으로 순간 '번쩍'했다. 그 백인 남자는 그러니까 명절을 맞아 지붕 위에서 뜰에 있는, 키 큰 나무의 가지치기를 하고 있었던 것이다. 몇 개의 가지를 더 친 뒤 그 남자는 지붕 위를 긴 빗자루를 들고 돌아다니며 정성스레 쓸었다. 어느 순간 내다보니, 남자는 사라지고 나무는 마치 정성스레 머리를 빗기라도 한 후처럼 잘 솎아진 머리카락을 바람에 살랑살랑 흔들고 있었다.

그 둘.

빨갛게 물든 단풍잎? 담쟁이? 노랗게 물든 은행잎? 그런가 하면 여름부터 지금까지 피어있는 자줏빛? 푸른 나팔꽃, 꽃송이가 무척 크고 청빛인 꽃나무, 일년에 여섯 달만 비오는 땅에서 아마도 물을 뿌리에 가득 가두어 두었다가 조금씩 흘려내리는 지혜로운 방법으로 그리 오래 피어 있는 것인지
…….

그 셋.

나는 '산파블로'라는 이름의 거리에서 아파트가 있는 '쇄덕'이라는 이름의 거리로 올라오는 일이 많은데, 좌회전을 해야 하는 '유니버시티'라는 이름의 거리를 그냥 지나치곤 하는 바

람에 유턴을 해서 다시 돌아오곤 하는 일이 잦다. 그러나 「솔라노」라는 이름의, 그 아름다운 거리는 절대로 그냥 지나치지 않는다. 그 곳에 서 있는 몇 그루의 특이하게 생긴 소나무들 때문이다. 나는 멀리서도 그 늘어진 가지의 소나무들이 나타나면 '아, 여기는 「솔라노」 거리구나'라고 생각하고, 표지판이 나타나기 전에 좌회전 차선으로 들어가는 것이다.

그런 나무가 되고 싶다. 그런 표지가 되는, 또는 앞에 말한 것처럼, 6개월 동안 빗물을 가두어 두었다가 적절히 배분하며 뿌리를 적시는, 그런 나무가 되고 싶다. 내가 쓰는 시도 '그런 나무같은 시'가 되었으면 ⋯⋯.

'나도 나무 한 그루 심고 싶다, 모두 좌회전하는 그런 나무를 ⋯⋯.'

뿐만 아니라 우리의 사회도 지붕위에 올라가 나무들을 돌보고 정성스레 비질하는, 앞집의 백인 남자같은 사람들이 많은, 그런 사회가 되었으면 좋겠다.

안녕.

내
사
랑
지
니

햇빛이 찬란하게 부서진다. 나는 오랫만에 구둣방으로 향한다. 학교에 있는 구둣방이다. 얼굴이 삼각형인 그 아저씨가 맞이한다. 언제나 사람좋은 웃음을 웃으며 …… 내 헌 구두를 요리조리 살펴본다. "아직 괜찮은데요? 여기다가 징만 다시 박으면 되겠습니다 ……."

"아무튼 〈똑바로〉 걸어가게 해 주세요 ……. "

나는 똑바로에 힘을 주어 말하곤 한 옆에 있는 의자에 앉아 기다릴 태세를 한다.

"구두쟁이가 된 것이 다행이애요 ……."

"……"

"사기를 칠 것도 없고 ……."

"……."

"요즘 사람들을 보면 너무 어마어마해서, 코트가 천 만 원
이라면서요 ……."

"아뇨, 이천 만 원 ……."

"그런 걸 사게 될 걱정도 없고 ……."

끊임없이 중얼중얼 하면서도(가끔씩은 나를 쳐다보며 나의 동의
를 구하기도 한다), 그 아저씨는 요리조리 참, 잘도 구두를 매만
진다.

나는 나의 구두를 새삼스럽게 들여다 본다. 구두는 갑자기
낯설다. 꼭 첨보는 것 같다 ……..

나는 공연히 겸언쩍어져서 구둣방 벽을 둘러본다. 마치 구
두의 시선을 피하기라도 하려는 듯.

그러고 보니 그 작은 구둣방엔 사방 벽을 빼곡히 구두들
이 앉아 있다. 구두들이 나를 쳐다본다. 나는 갑자기 부끄러
워진다.

일생을 달려갈 구두들, 이 세상의 구두들 …… 그런데 나
의 구두는 언제 이 세상 길 위에서 똑바로 걸어갈 것인가.

나는 늘 비뚜로 걷는다.

구두를 받아들고 길을 내려오는데 둥그런 해가 세상을 받아 안기라도 할 듯이 반짝이고 있다. 찬란하게 노을을 던지고 있다. 그런데 그 해 곁으로 높은 굴뚝이 있고 거기서 하얀 연기가 뭉게뭉게 피어오른다. 나는 갑자기 그 하얀 연기 속으로 '지니'가 일어서는 환상같은 것을 본다. '지니'는 잘 알다시피 동화 '알라딘의 램프'에 나오는 거인이다. '주인님', 하면서 수천 년의 잠에서 깨어나는 그 거인. 그 거인은 못하는 것이 없다. 힘도 기가 막히게 세다. 소원을 다 들어준다. 아, 문명의 도시 여기, 저 높이 솟은 "굴뚝"에서들 '지니'가 일어선다면 …… 아니, '지니'여 일어서라. 그래서 정말 힘든 일을 하여다오. 세상을 밝게 밝게 하는 일 …… 오늘은 그런 날이니까. 네가 일어설 날이니.

마음의 접속

1_

날짜를 헤아려 봤더니 지난 번 편지를 받은 지 82일만에 너희들 편지를 받았더군. 그 사이에 내 턱밑에 준치 가시같은 하얀 수염 7, 8개가 길었더군. 네 어머니가 병이 난 것은 그렇다손 치드라도 큰 며느리까지 학질을 앓았다니 더욱 초췌해졌을 얼굴 모습을 생각하니 애가 타 견딜 수가 없구나. 더구나 신지도에서 귀양살이 하시는 형님 정태전鄭若銓의 일을 생각하면 가슴이 미어진다. 반년간이나 소식이 깜깜하니 어디 한 세상에 살아있다고 하겠느냐. 나는 육지에서 생활해도 괴로움이 이러한데 머나먼 섬생활

221

이야 오죽하겠느냐. 형수님의 정경 또한 측은하기만 하구나. 너희
는 그 분을 어머니같이 섬기고 사촌동생 '육가六㤼'를 친동생처
럼 지극한 마음으로 보살피는 것이 옳은 일이다. 내가 밤낮으로
빌고 원하는 것은 오직 '문장文㤼'이 열심히 독서하는 일 뿐이다.
…… 어깨가 저려서 다 쓰지 못하고 이만 줄인다.

2_

　지난 말복 날은 절망이었습니다. 8시까지 기다려도 아무도 오
지 않아 우처愚妻하고만 둘이서 쓸쓸히 저녁을 먹었습니다. 우처
는 차려놓은 게 아깝다고 증거로 사진이라도 찍어놓자고 농담
을 하지 않아요! 하는 수 없이 속죄 겸 내가 고스란히 다시 쏟아
놓은 접시들의 뒷설겆이를 했지요. 처제는 이 모양을 보고 '아마
사는 것이 요사이 너무 어려울 줄 알고 폐가 될까보아 오시지
들 않는 거지요' 하고 위로의 말을 했지만, 나는 그 말이 지금까
지도 잊혀지지 않고 그 생각을 할 때마다 눈시울이 뜨거워집니다.
…… 아주머니께 안부 전하시오.

3

　밤 열한 시가 넘었습니다. 이젠 그만 잘까, 내일 편지를 쓸까 하다가 펜을 들었습니다. 62편의 시 원고를 정리하고 손을 멈추니 또 쓸쓸하고 외롭기 시작합니다. 다시 방황의 길을 떠날까? 주위가 텅빈 느낌입니다. 이 외로움 앞에서 선배님께 편지를 씁니다. …… 정말 이젠 다시 출발하고 싶습니다. 다시 태어나고 싶습니다. 끈적끈적한 저의 끈들을 삶의 찌꺼기들을 깨끗이 불살라 씻어내고 싶습니다. 그리고 청명하게 타오르는 불덩어리로 자신을 영혼을 불붙이고 싶습니다. 시를 쓰는 길이 어떤 것이며 아름다운 삶의 길이 무엇인지 그 물음이 자꾸 가슴에 와서 떠나지 않습니다. 진실한 길, 영혼의 길이 있다면 그런 길을 찾아 등불들고 가고 싶을 따름입니다. 제가 춥고 외로와지고 이렇게 쓸쓸한 마음과 함께 있으면 선배님의 그 넉넉하고 부드러운 얼굴이 떠오릅니다. 늘 외롭다고 하신 선배님이 떠오릅니다.

　세 개의 편지를 베껴 써 보았다. 다 돌아가신 이들의 편지이다. 맨 처음 것은 다산 정약용이 유배지에서 두 아들에게 보낸 것, 두 번째 것은 시인 김수영이 유정 시인에게 보낸 것,

223

세 번째 것은 최근에 돌아가신 이성선 시인이 정진규 시인에게 보낸 것, …… 그런데 재미있다. 그러니까 최근에 가까이 올수록 편지에 나타나고 있는 얼굴들의 숫자가 줄어든다고 하는 점과, 따라서 편지의 주인들의 얼굴에 외로움이 점점 커져 보인다고 하는 점이다. 물론 내가 그런 의도와 순서로 편지를 뽑아 베껴 썼기 때문이라고 할 수도 있으리라. 그러나 이는 그보다, 통신수단이 기가 막히게 발달한 현재에 가까이 올수록 사람들이 실은 더 큰 고독들을 안고 맴을 돌고 있다는 것을 말해 주는 것이 아닐까.

한밤중 컴퓨터를 켠다. 인터넷에 접속하고, 이메일을 쓰기 시작한다. 그러나 나의 이메일이 정약용의 편지만큼 깊고 다정하게, 골고루 …… '사람들'에의 걱정을 보여주지는 않는다. 이메일은 그 무엇보다도 빠르긴 하지만, 분명 나의 마음을 그렇게 깊고, 그리고 또 그렇게 빠르게 그 누구인가의 마음에 이어주지는 않는다. '서류'일 때는 다르겠지만.

그런데 왜 통신수단들은 한없이 빨라졌는데 우리의 '마음의 접속'은 그만큼 느려진 것일까. 그래서 고독의 크기는 더 커지기만 하는 것일까. 통신수단의 빠르기와 고독의 크기는 서로 반비례하는 것일까. 아니면 '빠름'이란 '깊음'을 버린 뒤에

라야만 오게 되는 것일까.

'세상이 빨라지면 빨라지는 만큼 우리의 마음의 접속은 느려지는' 시대에, 그래서 우리의 마음은 도저히 따라가지 못하고 곳곳에 버려지고 있는 …….

인도의 램프

까만 빌로드 같은 밤바다 속으로 등불 하나가 깜박이며
온다. 나는 달려오는 등불, 그것을 받아 안는다. 그림자들이
순간 환해진다.

등불 하나가 걸어오네
등불 하나는 내 속으로 걸어 들어와
환한 산 하나가 되네

등불 둘이 걸어오네
등불 둘은 내 속으로 걸어들어와

환한 바다 하나가 되네

모든 그림자를 쓰러뜨리고 가는 바람 한 줄기

[졸시, 「등불과 바람」, 시집 『등불 하나가 걸어오네』]

등불을 받아 안는다. 등불을 나의 램프에 앉힌다. —— '인도의 램프'

나는 '인도의 램프'를 들여다 본다.

나는 '인도의 램프'로부터 수만 마디 말보다 더한 말들을 듣는다.

'반갑다, 너 어둠이여, 네가 있으니 내가 너를 밝히는 것을 ……'

이 '램프'는 실은 인도에서 온 것이다. 전혀 모르는 한 사람이 어느 날 나를 찾아왔다. 그는 불쑥 손을 내밀었다. 그 손에는 아주 묵직한 것이 들려 있었다. 나는 의문을 표시할 새도 없이 그것을 받았다. 그 사람은 사라져 버렸다. '인도의 램프예요. 거기 기름을 붓고 불을 당기면 아주 아름답게 불이 타오르지요. 이것을 보는 순간 선생님이 생각났어요. …… 나

는 다시 인도로 돌아가야 해요' 하는 몇 마디 만을 남기고. 그
날 밤 나는 거기에 기름을 붓는 대신 촛불을 켜기로 했다.

촛불이 펄럭거린다. 그림자들이 펄럭거린다.

장자를 생각한다.

…… 그림자가 두렵고 발자국이 싫어서 그것들로부터 멀리 떨
어지려고 달린 자가 있었소. 발을 들어올리는 횟수가 잦으면 그
만큼 발자국이 많아지고 아무리 빨리 달려도 그림자는 몸에서
떨어지지 않았소. 그래서 아직 느리게 달린다고 생각하여 더욱 빨
리 쉬지 않고 달리다가 힘이 빠져 죽고 말았소. 그늘에 있으면
그림자가 없어지고, 멈추어 있으면 발자국이 생기지 않는다는 점
을 몰랐던 거요.

[莊子, 「雜篇·漁父」]

다시 밤바다를 바라본다. 등불을 들고 누군가 까만 어둠
속, 파도 위에 걸터앉는다. 매일 아침 숲길에서 만나는 이다.
온몸을 비틀며 다리를 저는 이, 그가 환히 웃으며 외친다. "반
갑습니다아아—"

바보시대 전문가시대?

언젠가 방영되었던 TV광고 중에 참 재미있는 것이 있었다. 한 젊은 여자가 자동차 본넷 위에 앉아 있는 장면이 나오던 광고였다. 그 여자의 모습이 나오면서 그 광고의 멘트가 나왔던 것으로 기억한다. 그 광고 멘트는, "자동차는 운전할 줄 안다. 그러나 차에 대해서는 모른다." 하는 것이었다.

하긴 그것이 '자동차 서비스'에 관한 광고였던지, 서비스라 하더라도 타이어인지, 다른 부속품인지 …… 아니면 단순히 '자동차'에 관한 광고였던지도 지금 잘 모르겠다. 그러나 그 광고의 암시성에 대해서는 상당히 충격을 받은 바 있다. 왜냐하면 나도 '운전을 할 줄은 알지만, 차에 대해서는 모르는' 그런 사람에 속하기 때문이다. 컴퓨터도 그렇다. 이메일 보내기라든가, 인터넷 켜기, 그런 것은 할 수 있지만, 컴퓨터 그것에 대해서는 모른다. 어디가 고장난다거나 하면 속수무책이다. 껐다, 켰다 할 수 있을 뿐.

우리집에는 아주 오래 된 팩스기기가 하나 있는데, 그것에 대해서도 마찬가지다. 종이를 끼고 뺄 수 있을 뿐, 갑자기 작동되지 않는다든가 하면 어쩔 줄을 모른다. 포기하는 수밖에 없다.

아무튼 현대에 사는 사람들은 많은 부분 바보이다. 아니 바보여야 한다.

컴퓨터건 자동차건, 팩스건 전문가만 찾는다. 은행관계에서는 은행전문가, 부동산 관계에서는 부동산 전문가, 어디가 조금 아파도 전문가, 전문가 중에서도 허리가 아프면 허리 전문가, 머리가 아프면 두뇌 전문가, …… 그리고 전문가에게 진찰을 받고 나야 안심이 된다. 하긴 나도 국문학 중에서도 현대문학 전문가이며, 그 현대문학 중에서도 시 전문가이다. '전문가에게 보여야지' 하면서 자기 딸의 시를 가져온 어떤 분도 있었다. 그는 나의 조언을 무슨 신주단지 모시듯 가지고 갔다.

새삼스럽지만, 현대는 전문가 시대라고 부른다. 어빙 하우의 '현대 대중사회의 진단'에 따르면, 현대라는 시대의 사회는,

'수동성이 널리 만연된 사회적 태도'가 된다고 한다. '수동성이 널리 만연된 사회'라 함은 아마도 많은 사람들이 전문가의 의견을 좇거나 또는 대중 독재의 의견을 좇는다는 뜻으로 받아들이면 될 것이다. 또 하나는 '의견의 불일치나 논의 혹은 논쟁들의 어휘가 매우 불쾌한 것으로 받아들여진다 ……. 사회의 본질에 대한 심사숙고는 사라지고 그것의 기계적인 기능에 대한 고찰이 이를 대신한다.'는 것이다. 이는 무엇을 나타내는 말일까. 교양의 부재이다. 삶에 대한 고찰, 또는 타인에 대한 고찰 그런 것이 없는 사회. 기계적인 사회, 그 속에서 중요한 것은 기능이며, 이는 전문가가 지배하는 영역이 될 것이다.

아무튼 그러다 보니 우리는 모든 이 시대의 전문가들을 존경하며, 전문가들이 되려고 하거나 자녀들을 전문가로 만들려고 한다. 그러면서 사회는 자꾸 마모되어 가고 있다.

전문가의 하나 뿐인 견해에 모두 좇아가면서 교양도, 타인도 없어지는 사회, 말하자면 하나뿐인 견해에 닳아지는 사회, …… 그러다 보니 오늘날의 전문가 시대는 한 번 뒤집어 보면, 바보들의 시대가 되었다. 〈시 전문가〉인 나는 〈시 외의 다른 분야에선〉 하루에도 몇 번씩 바보가 되고 있다. 그리고 바보인 나를 자랑스럽게 여기며, 바보가 될수록 세상에서는 〈오,

진짜 시인이군〉이라고 알아준다. 다시 말하면 자기의 바보성을 자랑스럽게 생각하는 전문가가 된 것이라고나 할까.

북해약이 말했다. '우물 속에 있는 개구리井蛙에게 바다에 대해 말해도 소용없는 것은 살고 있는 곳에 사로잡혀 있기 때문이오. 여름 벌레夏蟲에게 얼음에 대해 말해도 별 수 없는 것은 살고 있는 철에 집착되어 있기 때문이오. 한 가지 재주뿐인 사람에게 도에 대해 말해도 통하지 않는 것은 교육(자기가 받은 교육)에 얽매어 있기 때문이오 …….'

[莊子 「秋水 第十七」]

정말 이 시대에는 '한 가지 재주뿐인 사람'들이 무수하다. 무수할 뿐 아니라 그 전문성 때문에 칭송받고 있다. ― 그러나 이제 교양없음이 미덕이 되는 사회에선 우리 모두 떠나자. '정와井蛙'가 되지 말자. '하충夏蟲'이 되지 말자. 다른 삶들도 알고, 부不도 알고, 가可도 아는 사회, …… 글쎄, 어불성설인가?

그런데 그러다 보니, 오늘 나도 '어빙 하우'라는 전문가의 의견, '장자'라는 한 교양도덕 전문가의 의견을 내세우고 있다. 허허, 이 전문가의 의견에 닳아지는 사회 속의 한 의자에 앉아서.

만년필

전화 하나가 왔다. 육필 시집을 내려고 한다는 것이었다. 나는 처음에는 거절했다. 왜냐하면 원고를 다 손으로 써야 한다는 생각을 하자 좀 한심한 생각이 들었고, 거기다 만년필을 어디다 두었는지 순간 생각이 나지 않았기 때문이었다. 또 파카 잉크도. 그러고 보니 나도 어느새 '워드'에 익숙해진 모양이었다. 재차 전화가 왔다. 나의 앞에는 서서히 '그것'의 그림이 나타나기 시작하였다. '그것', 파카 만년필.

　－'그것'은 은빛이었다. 나는 그것을 어느 날엔가 선물 받았었다. 땅바닥에 떨어뜨리는 바람에 펜촉을 몇 번이나 부러 뜨렸는데, 그때마다 만년필 수선집에 가서 '거금을 주고' 펴곤

했다. '그것에는 꼭 미제 파카 잉크를 사용해야 한다고 해서(하긴 실제로 파카 잉크라야 마르질 않기도 했다), 문구점을 몇 군데씩 다니며 검은 색 파카 잉크를 사곤 했다.

그것으로 나는 신통치 않은 책이었지만 몇 권의 책을 내었다. 그 은빛 만년필의 검은색 파카 잉크가 아니면 원고를 한 줄도 쓰지 못했으므로 어디 가든 나의 가방에는 항상 그것이 들어 있기 마련이었는데, 어느 날이었던지 그것을 잃어버렸다.

그 이야기를 들은 사람이 다시 만년필을 선물했다. 이번에는 고동색 파카 만년필이었다. 아주 가는細 것이었다. 나는 파카 잉크를 사러갔다. 그러나 그때 내가 살게 된 곳에는 파카 잉크를 파는 문구점이 없어서 미제시장까지 가게 되었다. 아주 더운 여름날이었는데 들어가는 가게마다 선풍기를 돌리며 앉아 있는 주인들은 내 말을 다 듣지도 않고 '잉크' 소리만 들으면 고개를 저었다. 그런데 유독 한 가게에서 반색을 하며 나를 부르는 것이었다. 뚱뚱한 아주머니였다. 그 여인은 나의 어깨를 살짝 잡아당겼다. "100만원 ……." 그리고는 한 눈을 찡긋했다.

나는 놀랬다. 잉크 하나에 백 만 원이라니! 나는 놀라서 거의 뛰듯이 그 집을 나왔다. 뚱뚱한 그 가게 아주머니는 놀랍게도 그러는 나를 좇아 나왔다.

"물건이 참 좋아요! 밍크 코트는 요새 사는 게 돈버는 기라예. 그런데 한 벌에 그만큼 주지 않고 어떻게 삽니꺼. 우리니까 그 정도라예 ……." 나는 그제서야 사태의 내용을 깨달았다. "아뇨, 밍크가 아니라 잉크요, 잉크 ……." 그 여자는 눈을 동그랗게 떴다. 그리고 얼른 안색을 바꾸면서, "그런 건 없우" 하고, 아주 경멸하듯이 말했다. 파카 잉크라야 뚜껑을 열어 놓아도 펜촉이 마르지 않는데 ……. 결국 그날 나는 파카 잉크를 사지 못하고, 며칠이 지나서야 (아주 우연히) 파카 잉크를 사게 되었다. 그것도 그 가게에 단 하나 남은 파카 잉크를 ……. 그러나 '워드 프로세서'를 쓰면서 전혀 쓰지 않아 먼지가 뽀얗게 앉은 그 잉크. 이사 오는 통에 어디로 갔는지 잘 생각이 나지 않는 그 잉크 …… 그런데 육필시집 제의를 받은 후 어느 날엔가 나는 서랍 속 깊이서 그것들을 찾아내었다.

만년필과 잉크를 책상 위에 올려놓고 한참 바라보다가 어느 날 드디어 나는 육필시집을 만들 시들을 백지 위에 옮기기 시작했다. 그 부드러움, 까만 점이 찍힐 때의 그 긴장과 함께 오는 쾌감 ……. 확실히 만년필과 잉크에서는 그 무엇이랄까 향기 같은 것이 흘렀다. 내가 문명의 숲을 걸어오느라 그동

안 잊어버렸던 그 향기 …… 매콤하기도 하며 달콤하기도 하
며 아리하기도 한, 무어라고 꼭 집어 말할 수는 없지만 분명
히 있는 그것, 나를 살게 하는 냄새 …… 일주일에 하루씩 만
년필을 쓰게 하거나 연필을 쓰게 한다면, 지우개를 쓰게 한다
면 …… 또는 붓과 벼루를 쓰게 한다면 …….

텔레그라프 거리

2년만에 그 거리에 다시 가게 되었다. 텔레그라프 거리가 그 거리이다. 머리핀을 파는 리어카들이며 온갖 색깔의 싸구려 구슬 목걸이를 파는 리어카들, 카드 점을 치는 점쟁이들이 앉아 있는 자리 하며, 리어카들 사이사이 지저분한 도로에 아무 거리낌없이 주저앉아 있는, 거의 벌거숭이의 남자들, 여자들 …… 이 있는 그 거리, 뿐인가, 가끔 자칭 음악가들이 악기라든가 그런 것을 팔기도 한다. 이상한 피리 같은 것, 침 벌레인이라고 이름 붙인, 하프소리 같은 영롱한 소리가 나는 독창적인 악기 같은 것 …… 머리핀을 한 개 샀다. 두 개에 10불 …… 좀 비싸다 싶지만, 거리가 워낙 유명하니까 봐주기로 한다.

이 거리는 그러니까 버클리 대 남쪽 문앞에 있는 거리로서 60년대 히피들의 온상이라고, 여행책자에도 나와 있는 거리이다. 히피들의 온상이었을 뿐 아니라 반전 운동의 중요한 거리였다고 자부심이 대단한 거리이기도 하다. 리어카들 뿐 아니라 온갖 음식점들, 할인점, CD가게 같은 것들이 있다. 한국 음식점 '버글 버글'도 있다.

이곳 저곳 기웃거리며 천천히 걸어가는데, 모퉁이에 리어카 한 대가 이색적인 물건들을 늘어놓고 팔고 있는 것이 눈에 들어왔다. 온갖 스티커들을 놓고 팔고 있는 그 리어카, 리어카의 주인은 몇 가닥 안 남은 머리를 질끈 동여 맨, 늙수구레한 백인 남자였다.

한 코팅한 종이가 주변의 가로수마다 붙어 있었는데 눈길을 끌었기 때문이다. 맨 윗부분에는 'Wanted'라고 쓰여 있었다. 그리고 그 글자의 밑 양쪽에는 'murdedr/terror'라고 쓰여 있었다. 그리고 한 사람의 얼굴이 그려져 있었다. 얼른 보기엔 '오사마 빈 라덴' 얼굴이었다. 구름같이 또아리를 튼 터번하며, 늘어진 수염이 얼른 그 사람을 떠오르게 하였다. 그러나 가까이 가보니 그 얼굴은 부시 대통령의 얼굴이었다. 일행

중의 누구인가가 너털웃음을 치면서 "참 잘도 만들었네" 하고 소리쳤다. 정말 잘도 만들었다. 합성사진인데 그렇게 자연스러울 수가 없었다. 부시의 얼굴에 수염이 달려 있고, 터번이 둘러 있는 것이다. 그리고 그 이름은 그 밑 쪽에 써 있었는데, '오사마 부시 라덴'이었다. 재미있는 풍자였다. 일행 중 최기자가 얼른 달라를 내밀었다. 그 백인 리어카 주인은 우리와 사진도 찍어주었다. 그는 60년대에 히피였다고 했다. 반전 운동을 했다고 했다.

아프가니스탄을 미국이 처음 공격한 날로부터 꼭 일주년이 되는 그날(마침 우리 일행이 샌프란시스코에 도착한 다음 날은 아프카니스탄 공격 1주년이 되는 날이어서 그곳에서는 대대적인 데모가 열리고 있었다.)의 '오사마 부시 라덴'의 얼굴은 상징성마저 있어 보였다.

아무튼 현직 대통령의 얼굴을 그런 테러리스트의 얼굴과 합성한 사진을 팔 수 있는 나라의 현실도 부러웠지만, 결코 그치지 않는, 하찮은 사람들의 평화 운동의 눈 또한 부러웠다. 거기서는 언젠가 피흘리는 나무들을 위한 운동도 벌어지고 있었음을 나는 기억한다. 즉 크리스마스 때문에 트리가 되느라고 잘려지는 나무들을 위한 운동이었다. 트리가 된 나무들은 크리스마스가 지나면 곧 버려지곤 했으니까. (주변의 가로수마다 나무가 피흘리고 있는 그림이 들어있는 스티카가 붙어 있었었다. 곧 떼어지기는 했지만.)

텔레그라프 거리 …… 거기는 자유들이 숨쉬는 곳이다. 「홈리스」들이 마구 돌아다니는 곳이기도 하고, 또 아주 「하찮은」 누구인가가 데모를 하는 곳이기도 하다. 데모대는 단 한 사람이기도 하고 두 사람이기도 하다.

노자가 말했던가. 불출호 지천하不出戶 知天下라고. 집밖을 나가지 않아도 천하를 알게 하는 그곳 – 그곳의 빨갛게 물든 담쟁이 잎이 또 보고 싶다. 앞집에서 싸움이 일어나고 있는 이런 날에는 특히.

죤 스 타 인 백 하 우 스

노트북을 켜려니 어느 가을엔가 갔었던 '죤 스타인벽 하우스'가 떠오른다. 주변에 마늘밭이며 포도밭이 펼쳐져 있는 살리나스라는 곳이었다. '기념관'에 들어가기 전에 상영하는 스타인벽 영화에서는 그가 소설가로 성공하려고 뉴욕으로 갔다가 실패하고 고향으로 돌아와 포도밭에서 일하던 노동자들의 이야기를 썼을 때 폭발적인 성공을 했음을 어릴 때 사진 등의 자료를 제시하면서 설명한다. ― 그럼, 문학이란 그런 것이지, 괜히 성공하는 것이 아니야. 가장 자기의 현실에 기반한 이야기를 치열하게 썼을 때 받아들여지는 것이겠지 ―, 기념관에 들어가 보니, 영화 「에덴의 동쪽」 광고 포스터에서부터 배우 제임스 딘의 커다란 사진, 스타인벡이 즐겨 다녔다는 술집,「분노의 포도」의 배경이 되었던 빈민 동네, 그 동네의 어떤 집의 한 방, 빨래가 널려 있는 모습, 스타인벡이 즐겨 다녔다는 중국인 가게, 마치 문을 열면 중국인 주인이 금방이라도 나올 것처럼 만들어 놓았다. 술집도 문을 열어볼 수 있게 되어 있다. 호기심에 술집 간판이 있는 그 문을 여니 다리가 긴, 웨이트리스 아가씨가 나온다. 그뿐이 아니다. 보턴을 누르라고 써 있기에, 호기심에 보턴을 누르고 마이크에 귀를 대니 개구리 울음소리가 들려온다. 참 별것도 아니군, 그런 것을 모아놓다니, 긴 유리병에 무엇인가가 들어 있다. 무엇일까, 하고 가까이 들여다 보니 곤충채집 병이다. 나비며, 메뚜기며, 애벌레 같은 것들이 담겨 있다. 아, 스타인벡은 이 곳에서 아주 개구쟁이 어린 시절을 보냈구나, 근처를 돌아다니면서 나비며 메뚜기를 잡았구나, 그런 것들이 그의 소설의 현장성이구나, 하고 생각하다가도, 아무튼 참 별것도 아니구나 하고 생각하게 된다. 별것도 아닌 것을, 참 많이도 모아놓았다. 우리나라 개구리가 훨씬 더 유창하게 울 텐데 ……, 나는 괜히 심술이 나서 미국 개구리와 우리나라 개구리를 비교한다. 스타인벡이 애견 촬리를 데리고 여행했던 미국 전역의 지도도 붙어 있고, 그때 쓴 여행용 차가 탁자는 물론 침대 등이 잘 붙은 채 보관 전시되고 있다. 스타인벡 시절의 자동차도 있고, 그런가 하면 실물 크기로 만든 말도 있다.

그 기념관을 보고 나오면서 우리나라에도 저런 것이 있었으면, 예를 들어 채만식 기념관은 어떨지? 식민지 시절이었으니 아무것도 없었을까? 하긴 요즘은 기념관이 흔하지만 천편일률적이며 형식적이다. 저렇게 개구리 울음소리를 만들면 되지 않을까? - 채만식도 술을 마셨을 테니 술집 하나 만들어 놓고 …… 예쁜 기생들 모형도 만들어 놓으면 얼마나 흥미진진할까. 박태원의 경우라면 청계천도 섬세하게 복원시켜 놓고, 거기서 빨래하는 여자들, 신여성들도 걸어다니게 하고 …… 시인 김영랑이라면 모란꽃이 피어있는 정원에 거문고, 바이올린도 배치해 놓는다면 …….

그 뒤에 카멜 성당을 갔던 생각도 난다. 특히 카멜 성당의 그 박물관 …… 거의 그대로 보존되어 있었다. 당시 미국에 파견되어 왔던 신부의, 침대와 램프밖에 없는 단출한 방의 모습은 물론 신부의 가방이며, 허리띠, 너덜너덜하는 영수증까지 …… 그저 놀라울 따름이었다. 저 영수증이 어디서 나왔을까.

인디언을 다 파괴시켜놓고, 그러나 그 문화의 정수의 자료들과 함께 그것을 열심히 연구하는 사람들, 우리나라 개화기의 온갖 귀한 사진이며 자료들도 모아 가지고 있는 사람들 …… 참 얄밉기도 하고 그렇지만 그 정성을 무엇이라고 말할 수도 없다. 하긴 자료에의 지나친 믿음은 영수증만 있으면 이미 산 물건도 아주 쉽게 리펀드refund 해 주는 시스템을 큰 가게에는 거의, 모두 만들게 하고 있는 모양이다. 요즘은 우리나라도 그렇게 잘돼있긴 하지만, 그러니까 자료(영수증)만 있으면 싸울 필요가 없다. — 하긴 미국에 사는 〈똑똑한 한국인〉들 중 어떤 이들은 그 점을 이용하여 실컷 물건을 사용하다가 돈을 돌려받으러 간다고 하기도 하지만. 아무튼 아무리 진정이라 해도 자료의 제시가 불가능하면 미국이란 나라는 벽인 모양이다. 아주 단단한 싸늘하게 눈을 내리깔고 있는 — 아마도 미국이란 나라가 대표하고 있는 — 오늘의 문명의 얼굴.

노트북 화면에 뜬 마이크로소프트사의, 휘날리는 윈도우 98의 깃발을 보면서, 엄청난 자료의 코드 속으로 끌려들어가는 느낌을 받는다. 나도 한 개 자료가 되어.

납작한 서류묶음이 되는 나의 입술, 또는 몇 낱의 글자가 되는 나의 심장, 또는 번호가 되어버리는 나의 머리 …….

개

그 개는 나를 모른 척했다. 모른 척했을 뿐 아니라, 나에게 으르렁대기까지 했다.

원래 그 개는 내가 열심히 키운 개였다. 강아지일 때부터 말이다.

그 녀석을 위해서 나는 아침 일찍 베란다며 집안을 청소했고, 밖에 나갔다가도 헐레벌떡 뛰어 왔으며, 그 녀석을 위해 시를 썼으며, 썼을 뿐 아니라 읽어도 주었으며, 그 녀석을 주인공으로 칼럼도 썼으며, 그 원고료로는 그 녀석의 장난감을 사왔으며, 사진도 찍어줬으며, 가능하면 매일 모래밭에 나가 황혼을 보거나 파도를 향하여 뛰게 했으며(적당한 운동을 위해서), '마트'에 가서 가장 예쁜 공을 사느라고 해프닝을 했으

245

며 (왜냐하면 공이 있긴 있었는데, 한 개씩 팔지 않는 바람에 도매상에게만 파는 공 한 포대를 전부 사려고 했으므로), 강의가 끝나 학교에서 돌아오면 공놀이를 했으며, …… 그뿐인가, 저녁 퇴근할 무렵이면 될 수 있는 대로 '마트'에 들러 가장 예쁜 강아지 목걸이, 가장 예쁜 강아지 장난감 등을 고르느라 시간을 바쳤으며, 외로울까봐 연구실에도 데리고 갔으며, 강의 중에는 시간여유가 있는 학생을 찾아 맡기느라고 법석을 떨었으며, 조금 커서는 시골에 일부러 가서 의자 같은 크기로 자른 통나무 조각들을 여럿 얻어 용달차로 실어왔으며, 그 위에다 나의 화분들을 전부 올려 놓았고 (갉아대는 등의 '야만스런' 짓을 하지 않도록), 그 대신 플라스틱 뼈를 여러 종류 사다가 그 녀석의 입에 물려 주었으며, 책상 끝이라든가…… 에도 전부 누우런 테이프를 붙여놓았으며 (테이프 냄새가 나면 책상다리라든가 문지방 따위를 갉는 그런 '야만스런' 짓을 안할 것 같아서), 다리가 부러진 녀석을 위해 값비싼 수술을 두 번이나 해 주었으며 (그 녀석은 다리가 잘 부러지는 종류였다), 그 통에 동물병원 수의사와 친하게 되었으며(왜냐하면 휴일에도 전화를 해서 그 녀석의 상태를 이야기하곤 하느라고), 최고급 사료를 위해서 개밥파는 집을 몇 시간씩이나 돌아다녔으며, 잠깐 여행할 때에는 개를 누구보다 사랑한다는 사람을 고르고 골라 그 집에 맡기기도 했으며, 어떨 때는 돈을 많이 들이면서 동물병원에 맡기기도 했다. …… 그 결과 G여사의 말에 의하면 개는 나를 자기와 동일 계급으로 생각하게 되었으므로 말을 전혀 안 듣는다는 것이었다. 누가 오면 손님과 나 사이에 끼어서 짖어댔으니까. 아주 높은 소리로 말이다. 도저히 나와 손님이 대화를 할 수 없을 지경으로.

그랬는데 마침 내가 여행을 꽤 오랫동안 가게 되어서 그 녀석을 누구에겐가 주지 않을 수 없게 되었다. 마침 동생이 개를 키우기를 원하고 있었다. 더구나 동생은 늘 집에 있을 수 있는 여건에 있었으므로 동생에게 주기로 했다.

동생이 서울에서 그 녀석을 데리러 왔다. 우리는 그 녀석을 데리고 고속도로 여행을 하게 되었다.

아, 추풍령 고개에서의 식사를 나는 잊지 못하겠다. 나는 그 녀석을 안고 쓰다듬으면서 나무들을 바라보고, 추풍령의 바람을 보면서 그 녀석에게 그 바람과 나무에 대해 설명도 해주고 …… 그리고 서울에 다 가서 동생이 사는 곳으로 차가 떠날 때에 나는 그 녀석을 붙들고 헤어짐의 인사를 했고, 내가 데리고 있을 수 없음의 사과를 했다. 그리고 그 말 끝에는 울기까지 했던 것이다.

여행에서 돌아와 자기가 얼마나 잘 키우고 있는지 한 번 봐 달라는, 동생의 약간 자랑스러운 제스츄어의 제의를 받고 녀석이 잘 있는가, 동생집으로 가보게 되었던 것이다.

그런데, 녀석은 나를 보자 이빨을 드러내며 으르렁거렸다.

나는 도저히 가까이 갈 수가 없었다. 그동안 훌쩍 커버리기도 했거니와 나를 보고 그렇게 으르렁거릴 수가 없었기 때문이다.

그런데 정말 나를 슬프게 한 것은 녀석의 목에서는 그 높은 짖음소리가 들리지 않았기 때문이다. 손님과 나 사이에 끼어들어 그렇게 '하이 소프라노로 짖어대던' 그 소리가. 녀석은 그저 으르렁거리며 거의 신음소리에 가까운 소리를 낼 뿐이었다.

하긴 나는 처음에는 녀석의 '이빨 드러낸 으르렁거림'에 놀라고 슬프느라고, 녀석의 목에 이상이 생긴 줄을 눈치채지 못했었다. 그런데 동생이 유쾌하게 설명하는 것이었다.

"저도 좋고, 나도 좋고 …… 저는 짖어서 좋고, 나는 조용해서 좋고 ……."

동생은 "하하" 웃었다.

애기인즉 동생의 집은 아파트였기 때문에 도저히 녀석의

신경질적인 짖음소리를 참을 수 없었다는 것이다. 특히 옆집, 윗집사람들이 가만히 안 있었다는 것이다.

(나도 그랬었는데 …… 그래서 항의하러 온 윗집 사람들에게 중국에서 가져온 '비싼 배갈'을 선물로 주고, 동료 선생님들에게 선물하려고 사왔던 차를 주어 버리고 하지 않았던가.)

그러면서 나는 동생에게 핀잔을 들었다. 그 녀석이 그렇게 '하이 소프라노로 짖게 된 것은' 내가 너무 응석받이로 키웠기 때문이라고 말이다. 처음에 길을 잘 들였으면 이런 일은 없었을 것이라는 것이었다.

아무튼 녀석이 그렇게 시끄러웠어도 차마 '성대 수술'을 할 생각을 못했었는데, 그동안 녀석은 그 일을 당한 것이었다. 나는 정말 눈물이 났다. 나를 반기려 하여도 소리가 나오지도 않는 녀석의 목쉰 신음소리를 들으면서 나는 정말 참을 수 없었다. 나는 동생의 집을 뛰쳐나오듯이 나오고 말았다.

우리는 모두 타인에게 그러한 목쉰 짖음을 울리는 것인가. 그리고 따뜻한 척, 사랑하는 척이나 하면서. 그러면서 실은 잘 울리고 있다고 생각하는 것인가.

우리는 모두 그렇게 단절되어 있는 것인가.

자기 속의 말들을 자기에게만 하고 있는 것인가. 실은 목쉰 울음소리인 그 소리를.

우리의 사회는 이렇게 모든 개인의 목소리들을 죽이고 허위 속에 살아 있는 것인가. 작은 존재들은 이렇게 자기의 목소리를 잃어도 좋은 것인가.

우리는 바퀴벌레를 모두 죽이고 있지만 (어떤 광고의 멘트는 '바퀴벌레의 알까지 없애 줍니다'이다), 실은 우리들도 그런 바퀴벌레들처럼 지하로만 걸어다니는 존재들이 되고 있다. 이 빛나는 시대에.

건물들만이 빛난다. 건물의 벽들만이 빛난다.

6
—

산물푸레나무

야마구찌의 수세미

그게 어디 갔지? 아침 내내 찾는다. 야마구찌이 …… 야마
구찌이—. 다행히 설겆이 통 맨 밑바닥에서 그것은 발견되었
다. 오랫만에 아침에 강의가 없는 날이다. 나는 고무장갑을
끼고 느긋하게 설겆이를 시작한다.

야마구찌가 무엇이냐고? 수세미이다. 빨강과 초록 털실로,
열매 모양으로 짠 것이다. 이것은 말하자면 환경공해를 막는
쑤세미이다. 기름때 같은 것을 세제를 풀지 않고 그냥 닦은
다음, 마지막엔 그 털실 쑤세미만 빨면 된다는 …… 나는 부
지런히 그렇게 한다.

이런 것을 어디서 얻었느냐고? 야마구찌가 준 것이다. 야

마구찌는 아주 예쁜 일본 아주머니이다. 겨울 방학에 잠깐 일본엘 다녀 왔는데, 나를 초대해 주었던 친구의 친구인 야마구찌가 친구의 친구에게 주는 선물로 전해 온 것이었다. "밤새도록 이걸 짰단다. 그 정성을 생각해서라도 ……." 우리는 쑥스럽기도 하고 우습기도 하여 한참 웃었다. 참 우스운 사람도 다 있군, 친구의 친구에게 이렇게 정성스러운 선물을 하다니 …… 그런데 써 볼수록 괜찮다는 생각이 들어 열심히 쓰게 된 것이다.

뿐 아니라 그것을 쓸 때면 마치 내가 환경 공해를 막는 운동에라도 참여하는 것 같은 자부심이 들기도 하고, 그래서 우리 집에 놀러오는 학생들에게도 아주 자부심에 차서 그것의 효과를 설명하기도 하면서 은근히 자랑스러운 기쁨까지도 얻게 되는 …… 말하자면 부가적 효과까지 얻게 되곤 하였다.

그런데 어느 날 아침 나는 그 쑤세미를 물 속에 집어넣으면서 이상한 온기 같은 것을 느끼게 되었다. 한 여자가 밤새도록 그 털실 쑤세미를 짜는 광경이 물 위에 떠오르면서 그 부지런한 손 끝의 따뜻함이 나의 손 끝에 전해 왔던 것이다. 이어 그 여자가 콸콸 쏟아지는 물 끝에 떠올랐다. 나는 어느새 잠깐 본 야마구찌 ─ 그 여자를 떠올리고 있었다. 설겆이 내내 그 여자를 생각하고 있었다.

그리고 설겆이를 끝낼 즈음 나는 이런 말을 중얼거리는 나를 발견하지 않을 수 없었다. '그러고 보니 굉장한 선물을 했군, 나로 하여금 자기를 이렇게 생각하게 하다니 ……' 나는 내가 그런 선물을 한 적이 있는지 의심스러워졌다. 그래서 열심히 기억을 살펴보기 시작했다. 그러나 나는, '나라는 사람'은 그동안 도대체 그렇게 선물을 많이 한 적이 없다는 사실을 깨달았다. 무슨 일이 있을 때만, 예컨대 인사가 빠질 수 없는 곳에, 선물을 모처럼 하면서도 이정도면 괜찮겠지 하는 생각을 하곤 했다(그것도 돈으로 하곤 했다). 이 정도면 …… 나에게 어떤 이익이 있거나(그 사람이 알아준다거나 하는), 또는 체면치레가 된다거나 하는 ……. 그렇게 밤을 새워 털실을 짜는 식의 바보짓은 절대로 하지 않았었다. 더구나 아무 이득도 주지 않을 외국인 친구의 친구를 위해서 …… 그런데 도대체 누가 바보인가. 선물을 하는 법을 알고 있는 야마구찌가? 아니면 주지도, 받지도 않는 이 똑똑한 내가?

수도물을 틀면서 고무장갑을 벗어버린다. 손끝으로 털실쑤세미를 만지니 무엇인가 길이 보이는 것 같다. 삶이 가끔 괜

254

찾아지는 길, …… 우리 모두 찾고 있는 그 길이 이렇게 가까운 곳에 있을 줄이야! 주는 것 …… 〈숨길〉이 묻은 무엇인가를 가만히 주는 것. 약간 떨어져서, 가만히, '숨'을 묻혀서.

새

....

파도가 파도를 끌고 오느라 바다는 온통 소리판이었습니다.
물새들은 부리를 햇빛에 담그고

모래들은 살며시 눈을 뜬 채
그러는 파도와 게들을 바라보고 있었습니다.

빨리빨리 날아오는 새떼들
　그러는 파도와 물새와 모래와 새떼들을 수평선이 멀찍이서
들여다 보고 있었습니다.

봄바다에 나갔다가 시 한 편을 얻었다. 밀물이 마악 들어
오는 때였다.

새떼들은 언제나처럼 하늘 한 켠 저 뭍의 산기슭 위에서
실처럼 풀어지며 달려오고 있었다.

그것들이 내 머리 위를 지나 달려갈 때는 어쩌면 그렇게도
열심히 날개를 젓는지.

두 발을 온 몸에 착 – 붙이고 그리고 온몸의 에너지를 다
해 날개를 젓는다. 저렇게 열심히 일을 할 수 있다면 …… 하
는 생각이 든다. 지금까지 걸어온 내 인생이 미안하다. 저렇게
열심히 걸었었다면 …… 하는 마음이 드는 것이다. 그래서 현
기증이 날 정도로 그렇게 나의 날개를 저었었다면 ……?

모래들이 나에게 말없이 허리를 내민다.

공 하나가 바람에 밀려 모래밭을 굴러가고 있다. 커다란
축구공이다. 꺼먼 빗금이 얼기설기 그려져 있는 공. 내가 인
생이라는 밭을 굴러온 것처럼 모래밭에 온몸을 긁히며 굴러
가는 공, 나는 공을 따라간다. 섰다가는 굴러가고 또 섰다가

는 굴러가고 …… 그것은 모래들이 진흙펄이 되어 있는 곳까지 갔다가는 방향을 바꾸어 또 굴러간다. 거의 모래밭 끝까지 왔다.

…… 거기 새 한 마리가 종종 걸음을 치며 파도 앞에서 날개를 쓰다듬고 있다. 그러더니 갑자기 빠르게 모래를 스치며 일어서 날아오른다. 그것은 파도 위에 가서 동그랗게 흔들린다. 다른 친구들 새 역시 파도 위에 동동거리며 떠 있다. 그때 파도 밑을 들여다 보고 있던 그 새의 부리에서 무엇인가 하얀 것이 휙 하고 빛난다. 이윽고 공중을 휙 가르며 나는 그것. 하얀 물새들의 공중전. 물고기다. 그 탱탱한 긴장. 몸부림치는 한 마리 흰 물고기의 등, 두 개의 비린 욕망 사이에서 물고기는 몸부림친다. 봄바람에 탱탱히 부푸는 하얀 물새의 욕망.

봄이 밀려 오고 있다. 온몸을 긁히며 이 생명이라는 밭을 봄바람은 굴러간다. 그것의 에너지를 받아라. 그래서 저 새의 날개처럼 날아라.

자기의 날개를 열심히 젓는 자는 아름답다.

산물푸레나무

    오스트렐리아에서는 매년 산이나 들에 불이 난다. 커다란 교목들이 불길 속에 삼켜졌고 타는 속도가 너무나 빨라서 소총을 발사하는 듯한 소리가 요란하게 울려퍼졌다. …… 산물푸레나무는 마른 껍질이 줄기에서 벗어져 리본처럼 길게 늘어져 있는 것이 특징이기 때문에 산불의 진행속도를 빠르게 한다 ……. 산물푸레나무는 대단히 키가 커서 꼿꼿한 줄기의 아랫부분에는 가지가 없기 때문에 일반적으로 나무의 정상부분에 있는 가지와 잎에는 불길이 도달하지 못한다. …… 중심이 샛빨갛게 타고 있는 약간 큰 나무들의 옆구리에서는 아직도 계속 불길과 연기가 뿜어져 나온다. 과거에 녹색의 잎들이 무성하여 그늘이 졌던 곳이 이제는 툭 트여 수십 년만에 처음으로 햇빛이 지면에 비친다. ……
이제 천천히 내리는 부드러운 빗줄기를 타고 산물푸레나무의 씨
들은 지표면 위로 흘러내린다. 이 씨들은 여러 해 동안 가지에 달
려 있다가 산불의 열로 터져 나온 것이다. …… 일주일 정도 지나
면 싹이 튼다. 발아한 새순은 매우 빨리 성장하기 때문에 어미나
무의 둘레를 키가 가지런한 밀의 어린 줄기들처럼 촘촘하게 둘러
싼다 ……

[D. 에튼보로, 『식물의 사생활』 중에서]

'불'이라는 고통을 지나면서 생존을 계속하는 산물푸레나
무 …….

나는 나에게 물어본다.

'너는 그런가. 그렇게 고통의 허리를 타 넘으면서, 고통 속
에서 살려고 하고 있는가. 될수록 편하게, 될수록 따뜻하게,
될수록 쉽게, 그렇게만 살려고 하고 있지는 않는가.

고통이야 말로 스승이다. 그 산물푸레나무는 그러므로 너
의 스승이다.'

백사장엘 나간다. 둥그렇게 주홍색으로 태양이 지고 있다. 나는 모래밭에 아무렇게나 굴러있는 나무 막대기 위에 앉는다.

앉고 보니 내 발밑에는 무수한, 동글동글한 모래 흙덩이들이 누워 있다. 그 모래 흙덩이들을 가만히 살펴 보고 있자니 게 한 마리가 조심스레 구멍 속에서 뛰어나온다. 그 녀석은 내가 들여다 보고 있는 것을 감지했는지 돌맹이 뒤에 숨어 나를 향하여 최대한으로 집게발을 들어보인다. 그런 뒤 부지런히 모랫길을 가기 시작한다. 그러다 다시 멈춰 서서는 집게발을 높이 들어보이고 …… 마치 위협이라도 하듯이. 그 '쬐끄만' 분홍 집게 발을. 작은 게 한 마리에게는 너무나 위험할, 너무나 길고 길 모랫길 …….

나는 나에게 물어본다.

'너는 저렇게 최선을 다해 위험을 감지, 대처하면서 너의 길을 가고 있는가. 게야 말로 오늘 너의 스승이다. 느리게 걸어가는 저 볼품없이 〈쬐끄만〉, 저 게야 말로.'

그렇구나. 붉은 혀를 널름거리는 산불 곁에서도 존재의 씨

앗을 퍼뜨리는 산물푸레나무, 그 넓고 평평한 모래판에도 쉬운 길이 없음을 알고 조심조심 걸어나아가는 게, 모래, 길, …… 이 세상에 스승아닌 것이 없구나.

오늘의 모든 고통에게 나는 감사해야 한다. 내가 넘으려 하지 않아도 달려와 어느새 나를 안고 있는 고통의 허리에게. 아무 것도 모르는 채 고통의 허리를 쓰다듬는, 저 빛나는, 푸르디 푸른 나뭇잎의 손, 나뭇잎에 뚝뚝 떨어지는 초여름 햇빛의 머리카락에게!

'추억하기, 연구

1

시간에 대해 이야기 하려 할 때면 나는 언제나 비에 이미 젖어 버린 자의 어쩔 수 없는 끈끈함을 느낀다.

그 끈끈함은 간단히 말해서 우리의 삶이란 결국 어쩔 수 없이 삶일 뿐이며 오래 계획된 시험이나 또는 어떤 뜻하지 않은 개안開 眼으로도 그 근본을 변형시킬 수는 없는 것이며 가령 발이 뚱뚱 부은 BC4세기의 노예들처럼 영원한 복종만이 가능한 것이며 그 리하여 이 모든 복종들 위에 마지막 일회의 잠이 오리라는 사실. 그런 비극적 현재를 인식할 수밖에 없게 하는 끈끈함인 것이다.

[拙著 『그물 사이로』 중에서]

그러나 시간의 끈끈함은 무의미도 끈끈하게 한다. 무의미에 끝없이 의미를 준다. 무의미는 의미의 옷을 입고 혹은 의미의 꽃을 달고 일어선다.

그리하여 무의미의 의미는 존재의 운동이 되며 지층이 된다. 무의미의 의미는 존재의 꼭대기에 이루어진 지층의 산봉우리가 된다.

그 산봉우리 위에선 끝없는 반복과 변주가 일어난다. 끝없는 공간화의 반복·변주, 끝없는 시간화의 반복·변주, 끝없는 공간의 시간화, 끝없는 시간의 공간화 …… 그것은 의미를 부추긴다.

의미는 운동한다. 개별적인 얼굴 — 하나하나는 무의미이지만 얼굴—둘은, — 즉 얼굴과 얼굴의 연합은 의미가 된다.

너의 무의미는 드디어 나의 의미가 된다.

2_

의미화의 최초의 작업은 '추억하기'이다. '추억하기'에 의해서 무의미의 공간들은 시간의 지층을 지나며, 다시 시간의 뼈를 공간 속에 잘 보이게 하는 것이다.

3

우리가 살고 있는 이 거대한 '추억하기'들의 한 귀퉁이, 큰 길 뒤의 골목길 – '이면도로' 같은 것.

'추억하기'들의 한 귀퉁이에서 우리는 모두 공간의 시간화와 시간의 공간화라는 작업을 계속한다. 공간과 시간은 나눌 수 없다.

공간과 시간은 하나이다.

시간은 공간이 된다.

공간은 시간이 된다.

추억들은 공간이 된 시간을 지나간다.

추억들은 시간이 된 공간을 지나간다.

화살이 되어.

죽도竹島의 화살이 되어.

(그 해변에 가면 섬이 하나 있다. 그 섬을 사람들은 죽도라고 한다. 대나무가 많기 때문이다. 섬의 그 대나무는 육지의 큰 관청으로 옮겨져서 화살이 되었다고 한다. 화살이 되어 많은 사람의 가슴을 향하여 쏘아졌다는 것이다. 그 섬의 대나무, 대나무가 변해서 된 화살, 너의 추억

은 그 화살이다.

그것은 다른 이의 가슴으로 옮겨간다. 화살이 되어 다른 이의 가슴에 꽂힌 시간은 특수화 된다. 무의미의 특수화가 일어나는 것이다.)

4_

그러니까 무의미의 특수화 속에는 거대한 추억들의 심장이 들어있다. 그 거대한 추억들의 심장의 연결에 의해서 우리의 존재들은 다시 확고하게 지층화된다.

그리하여 곳곳의 지층 속에는, 이를테면 마야 시대의 귀고리들이, 또는 잉카시대의 벽돌들이, 또는 그리스의 항아리가 …… 또는 가야시대의 단추들이, 또는 조선시대의 숟가락들이 …… 모래에 얼굴을 묻고 기다리고 있게 되는 것이다.

5_

다시 말하지만 거대한 추억들의 심장은 기다림으로 이루어져 있다.

또는 기다림이라는 이름의 실핏줄들의 베일을 쓰고 있는,

시간과 공간이 합일된 무의미의 의미의 지층들 …… 그 '시체 전시실'(『인체의 신비전』(2001)을 말함)의 마지막 코너에 서 있는 시체를 기억하라. (그 시체 전시실의 마지막 코너에는 인체를 둘러싸고 잇는 빨간 실핏줄들이 출렁이고 있었다. 인체의 내면을 더 잘 보여주기 위해 가늘게 토막질된 시체의 전시에 토할 것 같던 사람들은 그것 – '빨간 실핏줄'들을 보면 갑작스레 희망을 느낀다. 그리고 가슴을 활짝 펴 내밀고 걸음도 당당하게 문밖으로 나오는 것이다.)

6_

그렇다. 거대한 추억들의 산봉우리에서 이제 우리를 구할 것들은 '시간의 물끼'이다. – 공간화되는 시간의 물끼, 또는 '사랑법'.

빨간 실핏줄, 또는 어린 것들, 또는 꽃잎들 속에 있는.

종

오늘도 나는 출가出家한다. 출가? 집을 나서는 것이다. 언제부터인가 나는 집을 나서는 것을 「출가」라는 것으로, 그 시각을 계획표에 표시하고 있다. 그런데 최근에는 그 출가하는 시각에 나를 배웅하는 것이 하나 생겼다. 종鍾이다. 그것도 큰 종이 한 개 거기에 작은 종들이 대여섯 개 달린 것이다.

나는 집을 나설 때면 현관에 서 있는 나무, 「벤자민」 가지에 걸어 둔 그것을 한 번 흔들어 준다. 그러면 그것들은 못견디겠다는 듯이 흔들리며 소리를 낸다. 나는 그 소리를 나의 가방에, 머리카락에 얹어 준다. 나의 출가, 나의 떠남은 오늘도 누구인가를 깨워야 할 것이라고 중얼거리면서. 아니 나를 깨워야 할 것이라고 중얼거리면서.

　비가 억수같이 쏟아지던 날이었다. 얼굴도 모르는 독자가 전화를 했다. 그래서 만나기로 한 날이 공교롭게도 그렇게 비가 쏟아지는 날이었다. 그곳은 원래 그때 쯤에는 비가 잘 안 오는 곳이었는데, 그날은 굉장했다.

　'오디시아'라는 찻집이었다. 마치 오디세우스가 그 힘든 항해를 하며 이타카를 찾아가듯이 나는 빗속을 뚫고 그리로 갔다. 두 여인이 기다리고 있었다. 한 사람은 산타크루즈에서, 한 사람은 샌프란시스코에서 왔다고 했다. 특히 산타크루즈라는 곳은 거기에서 고속도로로 두어 시간 이상 걸리는 곳이라고 했다.

　우리는 마치 10년지기들이나 되는 것처럼 이야기했다. 아마 비가 우리를 그렇게 만들어 준 것 같았다. 우리 모두 비를 뚫고 왔다는 기쁨이. 그녀들의 이마에서 흘러내리던 물방울과 젖은 우산이 지금도 눈에 선하다.

　호박 수프를 먹으며 우리는 이야기했다. 헤어질 무렵, 산타크루즈에서 온 이가 무엇인가 주섬주섬 꺼냈다. 그리고 그것을 나에게 주었다.

'자그만 것입니다. 실망하실까 두렵군요.'

나는 고맙다고 하면서 일어섰다. 집에 와서 상자를 풀어보니 거기에는 이 종이 들어 있었다. 내가 종을 좋아한다고 어느 산문집에 쓴 글을 그녀들은 읽었던 것이다. 그곳에는 특별한 종이 없으니, 그것을 아마도 중국인 가게에서 산 것인가 보았다. 다행히 그곳에서 살던 아파트에는 책상 위 천정에 흰 칠이 된 못이 하나 박혀 있었다. 나는 그 종을 거기 걸었다. 그리고 책상 앞에 앉을 때마다 한 번씩 쳤다. '강은교여 깨어나라, 깨어나라'라고 중얼거리면서.

그냥 놓아두었었는데 어느 날인가 출가하면서 이 나무 가지를 종의 자리로 만들어 주게 된 것이다. 아주 안성맞춤이었다. 내가 깨어나서 출가하는 데는.

이제 우리집에는 종이 스무개도 넘게 되었다. 에밀레종 모형에서부터 터키의 낙타뼈로 만든 종, 돈황의 종, 붉은 꽃들이 화려하게 그려진, 손잡이가 긴 인도의 나무 종에 이르기까지. 아니 그중에는 카멜 성당의 청동빛 종도 있다. 그것도 산타크루즈와 샌프란시스코의 그녀들이 사준 것이다.

'강은교여 깨어나라, 깨어나라.'

오늘도 나는 집을 나서면서 그 종을 친다. 빗물이 흠뻑 나를 적신다. 그녀들이 우산을 내민다. 깨어남의 우산을.

그
로
타
리

안개 속에서 또 한 겹 안개의 옷을 천천히 입으며 누군가 부르고 있다. 그 목소리는 나를 지나 천천히 내 속에서 여울진다. 나는 그 목소리를 좇아 창문을 활짝 연다.

그 로타리가 달려온다. 빵집이 하나 있었으며, 그 곁엔 우체국이 있었으며, 헌 책방과 플라타나스의 둥그런 길이 있었던 거기, 그 헌 책방에서 나는 참 많은 책을 빌렸었다. 그리고 그 책들에 빠졌었다.

나는 까뮈의 젊은 시절의 매혹적인 산문 '오랑'도 읽고, '시지프스의 신화'도 읽었으며, 앙드레 말로의 소설들도 읽었었다. 릴케의 그 아름다운 에세이적 소설 '말테의 수기'도 읽었었고, 그래서 릴케를 흉내 낸, 내 이름의 '말테의 수기'를 시작하기도 했었고 …….

학교가 끝나면 그리로 가곤 했었다. 플라타나스가 출렁거리며 있었던 거기, 조그만 헌 책방 …….

그러던 어느 날이었던가, 그곳의 젊은 대학생 주인은 나에게 책 몇 권을 내밀었다.

"생일선물이에요."

그 뒤 그 대학생은 어느 날 나에게 또 화분을 내밀기도 했다. 그것은 보통의 화분이 아니라, 설악산에서 가져온 나무를 멋있게 니스칠도 하고 해서 만든 것이라는 설명이었으며, 그런 것 속엔 낯모르는 꽃이 앉아 있곤 했었다. 그러고 보니 그 책방 앞에는 이상한 고목이며 나무들이 바람에 잔뜩 흔들리며 앉아 있을 때가 많았다. 아마도 설악산에 갔다가 온 다음이었던 듯 했다.

그러던 어느 날이었던가, 그날도 책을 읽고 있는데, 전화한 통이 왔고, 그것은 그 대학생이었다. 로타리의 한 빵집에서 만났었던 것 같다. 아니면 우체국 앞에서? 잘 생각이 나지 않는다. 그 대학생이 건네주던 도시락 말고는. 알미늄의 우글쭈

글하던 그 도시락. 그 도시락에는 빨간 열매들(아마도 산딸기였었던 것 같다.)이 가득 들어 있었다.

"설악산에서 따 온 겁니다. 이걸 따느라고 절벽에 기어 올라갔었는데, 그만 시계를 잃어버렸어요 ……."

나는 그 도시락을 어떻게 했었는지 통 기억이 나지 않는다. 그러나 아무튼 상당히 감격했었던 것만은 분명하다. 그걸 따느라 그 비싼 시계를 잃어버렸다니! 그렇게 힘들게 딴 딸기를 아낌없이 나에게 주다니 …….

그러다 나는 그 로타리를 떠나고 그리고 대학생이 되었다. 그리고 세상의 안개에 서서히 빠져 들어가기 시작했다.

안개 속에서 또 한 겹 안개의 옷을 천천히 입으며 누군가 부르고 있다. 그 목소리는 나를 지나 천천히 내 속에서 여울진다. 나는 그 목소리를 좇아 다시 창문을 활짝 연다.

떠나는 사람에게 작별의 손을 흔들고 싶었지만, 흔들 손이 없어 혀를 마치 작별의 손처럼 좌우로 흔드는 한 사람을 생각해 본다. 그 사람을 생각하면서 어제는 일도 없이 '공항'으로 가보았다. 공항이란 출발지이거나 도착지. 많은 사람들이 어디로인가로 떠나고 또는 돌아오는 곳이다.

많은 사람들이 여행가방을 들고 혹은 작별인사를 하면서 분주히 움직이고 있었다. 그러나 '혀를 힘들게 흔들며' 작별하는 사람은 눈에 띄지 않았다.

입으로 쓴 글자 모양이 손으로 쓰던 때와 똑같다면서 친구가 놀란 적이 있다. 손으로 쓸 때의 글씨체가 입으로 쓸 때에도 그대로 나오다니, 나로서도 신기하기 그지없는 노릇이다. 생각해 보면 손으로 쓰나 입으로 쓰나 본질적인 것은 매한가지여서 실제로는 당연한 일이지만 그래도 이상했다. 그러나 그게 이상하다고 느꼈을 때 입으로 그림을 그릴 수 있다는 희망을 갖게 되었다. 아름다움에 감동할 수 있는 마음만 있다면, 나도 그림을 그릴 수 있으리라는 생각이 들었다. 난꽃은 한 장의 그림으로 그려낸 첫 대상이다. 그 무렵에는 목의 힘이 약해서 선 하나를 긋는 일조차 무거운 물건을 끌어 당기는 것처럼 힘겨웠다. 그만큼 가장 기억에 남는 작품이다. 3일이나 걸려서 바탕을 메운 사인펜 선을 보고 있노라면 일기장을 펼친 듯이 당시의 모습이 눈에 선하다. 맨 처음에 그은 선은 성경의 한 구절을 생각하면서 그었다. "모든 일을 원망과 시비가 없이 하라."(빌립보서 2장 14절)

…… 부상을 당한 건 내게 결코 나쁜 일만은 아니었다 ……

[호시노 토미히로, 『내 꿈은 언젠가 바람이 되어』 중에서]

공항에서 돌아와 토미히로의 글과 시를 다시 꺼내 읽으면서 연필 따위도 들지 못하는 그가 장애인인가, 온몸은 지극히 성하지만, 늘 현실을 비관하고 있는, 혀로 작별하는 사람을 보지 못하는 내가 장애인인가, 생각해 본다.

아직 신경안정제를 먹어야 하긴 하지만, 내 팔·다리는 지극히 성하다.

그렇게 보면 나도 한때 뇌에 고장이 났었던 것이 결코 나쁜 일만은 아니었다. 그 덕분에 나는 아직 시라는 것을 이 세상에서 쓰고 있지 않은가 ······.

문득 창 밖을 보니, 불쑥 높아진 하늘엔 달려오는 햇빛이 가득하다. 아마 저기 섬에 주욱 늘어서 있는 소나무에서는 솔방울이 툭ー 하고 떨어지리라. 어느 나무에선가는 고운 색깔로 물든 잎 하나 '팔랑' 하며 공중을 붙잡은 채 미끌어져 내리리라.

철
쭉
꽃

두

송
이

철쭉꽃 두 송이가 피었다. 하얀 꽃 망울이 올라오더니 어
느 날 새벽인가부터 하얀 속살이 열리기 시작했다. 덕분에 요
즘 나는 새벽마다 그 철쭉 앞으로 가게 되었다. 그리고는 철
쭉 앞에 쭈그리고 앉아 '어느 만큼 왔니?' 하는 물음으로 하
루를 시작하게 된 것이다.

내가 철쭉 꽃에게 물음을 던지고 그 대답을 기다리며 허리
를 펴고 일어나 창밖을 보면, 멀리 무심한 듯 서 있던 키 큰
수평선도 달려와 내 곁에 쭈그리고 앉으며 나에게 똑같은 물
음을 던진다. '어느 만큼 왔니? 너의 길도 지금 열리고 있니?
저 철쭉 하얀 속살처럼.'

어제 저녁엔 한 언어학 교수와 밤길을 달리며 이야기 – 아니 강의를 들었다. 언어학적으로 보면 영어가 어려운 것은 복문複文 때문이라고. 그것을 깨닫는데 30년이 걸렸다, 고. 단문短文으로 말이 되지 않는 것이 없다고. 아무리 긴 문장이라도 분석해 들어가면 몇 개의 단문을 that이라든가 but으로 이어놓은 것이라고. 우리의 영어교육이 잘 안되는 것은 중학교 3학년 때부터 튀어나오는 복문 때문이라고. 그 어려운 복문들의 시제時制를 간신히 맞추어 놓았는데, 학년이 바뀌면, If절이 튀어나와 다시 시제는 엉망으로 된다고. 그때부터는 영어를 '증오하게hate'된다고 …… 성경에도 단문과 복문이 나오는데, 인간이 '선악과'를 따먹기 전에는 다 단문으로 말했다고.

그러던 것이 '선악과' 이후에는 복문을 쓰게 됨을 볼 수 있다고. 그러니까 복문은 죄와 관계가 깊다고. 무언가 변명거리가 많을 때 문장은 기술을 요하게 되고, 그것은 '이리 꼬이고 저리 꼬이는' 복문으로 된다고 …….

그 밖에도 많은 이야기, 아니 강의를 나는 들었다. 그 교수님은 마치 내가 교육부 장관이라도 되는 듯 나를 향하여 분개하기까지 했다. 예를 들어 '영어에서 98점과 91점의 차이가 무엇이냐'고 말할 때는 마치 나를 때리기라도 할 것 같았으니까. "'pass와 fail'만 있으면 되는 겁니다! 현지에 갔을 때 영어 98점과 91점의 차이는 별것 없습니다. 못 알아듣는다는 공통점 말고는 말입니다."

아무튼 인간은, 영어를 쓰는 사람이든, 한글을 쓰는 사람이든, 복문을 쓰면서 변명의 사회성을 두드러지게 하기 시작했다는 그분의 주장은 나에게 오늘의 사회의 한 모습을 생각하게 한다. 그렇다. 시에 있어서도 좋은 시는 단문의 시가 많다. 아주 단문은 아니라 할지라도 단문을 지향하는 시가. 아무리 그 비유나 상징이 복잡한 현대시의 경우에 있어서도.

인간의 심성도 정말 중요한 것 앞에서는 단문이 된다. 사랑 앞에서는 단문이 된다. 그것으로, 말하자면 충분하게 되는 것이다.

하얀 속살을 완전히 연 철쭉꽃 송이가 나를 향하여 웃는다. '어느 만큼 왔느냐구요? 이만큼 ……' 그러면서 자기가 매달려 있는 나무의 가슴을 가리킨다. 키큰 수평선도 근심스런 얼굴로 달려와 앉는다. 무엇인가 물을 듯, 물을 듯.

부재여, 결핍이여

지금 무엇을 하고 있느냐? 창밖을 보니 깜깜한 바다 멀리서 몇 개의 불빛이 가늘게 반짝인다.

멀리서 빛나는 불빛은, 멀리서 빛나므로 – 결코 닿을 수 없으므로 더욱 아름답다.

그러면, 한 번 생각해 보아라. 모든 반짝임은 멀리서 반짝일 때 – 우리가 그 반짝임의 내부를 결코 알 수 없을 때, 그 반짝임의 내부를 상상도 할 수 없을 때 사무치게 우리를 그립게 한다. 가까이 있는 것에 우리는 그렇게 매력을 느끼지 못한다. 멀리 있으므로 그 아름다움은, 그 그리움은 더욱 진해진다. 상상의 힘은 더욱 커진다.

그리고 또 모든 것이 풍족하다면 상상의 힘은 그리 일어나지 않을 것이다.

빛나는 것이 여기 없으므로, 더욱 우리는 빛나는 것을 바랄 수 있는 것이다.

상상의 힘을 키워라. 없는 곳에서 있는 것을, 아니 있을 것을, 아니 있어야 할 것을, 아니 네가 있어야겠다고 생각하는 그것을 꿈꾸어라.

모든 것이 잘 준비되어 있는 곳에선 미래가 잘 열리지 않는 법이다. 왜? 상상의 힘이 필요 없으므로. 너의 상상의 날개는 너의 성취욕이 되어 너의 꿈을 이루게 할 것이다. 멀리 있는 것을 '멀리 있으므로 가까이 있는 것'으로 만들 것이다. 멀리서 바라보아라. 결코 닿지 않는 그 곳에 네가 바라는 아름다움이 있다. 아름다움에의 욕망은 아름다움을 만들 수 있다. 너의 그 아름다움의 밭을 가꾸어라. 결코 닿지 않는 그 아름다움에의 그리움을 그리워하면서 …….

지금 너는 그저 캄캄한 어둠 속에 있는지 모른다. 그러나 그 어둠을, 속에 빛을 품고 있는 단단한, 광대무변한 어둠으로 만들어라.

　어둠 속에는
　내가 처음 보는 게 있어요
　흑보석처럼 반짝이는
　빛
　새벽 종 소리
　누가 웃는지 그 뒤 켠에서
　자꾸 웃어요

　……

　어둠은 참
　커다란 우물이에요
　두레박줄을 푸니
　한없이 한없이
　풀려 들어가요

두레박을 꺼내요

아, 아침이 담겨 오네요

대낮도 담겨 오네요 ……

[졸시, '어둠 속에는', 시집 『빈자일기貧者日記』, 전문]

부재여, 부재의 힘이여

결핍이여, 결핍의 힘이여

부재의 힘에게 너의 전 신경을 바쳐라.

결핍의 힘에게 너의 전 신경이 모든 잠 속에서 어깨동무하고 일어서게 하여라.

그리하여 부재와 결핍 속에 너만의 꿈꾸는 나라를 세워라.

그 푸른 추억 위에 서다

초판 인쇄	2021년 8월 25일
초판 발행	2021년 8월 30일
저　　자	강은교
펴 낸 이	김재광
펴 낸 곳	솔과학
등　　록	제10-140호 1997년 2월 22일
주　　소	서울특별시 마포구 독막로 295번지
	302호(염리동 삼부골든타워)
전　　화	02-714-8655
팩　　스	02-711-4656
E-mail	solkwahak@hanmail.net

I S B N　979-11-87124-90-0 (03810)

값 17,000원

강은교(姜恩喬)

연세대 영문과 및 同 대학원 국어국문학과 졸업(학위취득)

저서로 시집: 『허무집』『풀잎』『빈자일기』『소리집』『등불 하나가 걸어오
네』『시간은 주머니에 은빛 별 하나 넣고 다녔다』『어느 별 위에서
의 하루』『오늘도 너를 기다린다』『붉은 강』『벽 속의 편지』『초록거
미의 사랑』『네가 떠난후 너를 얻었다』『바리연가집』『아직도 못만져
본 슬픔이 있다』 그 외에 육필시집 『봄무사』 외 다수

시산문집: 『젊은 시인에게 보내는 편지』『무명 시인에게 보내는 편지』
『시에 전화하기』

에세이: 『추억제』『그물사이로』『잠들면서 잠들지 않으면서』『허무수첩』
『사랑법』 외 『달팽이가 달릴 때』 다수

그 외에 역서로 K.Gibran의 『예언자』 H.D.Thoreau의 『소로우의 노
래』 시동화 외 다수

수상: 한국문학작가상, 현대문학상, 정지용문학상, 유심 작품상, 카
톨릭 문학상, 박두진 문학상, 구상문학상 등

현재 동아대 명예교수